JN216945

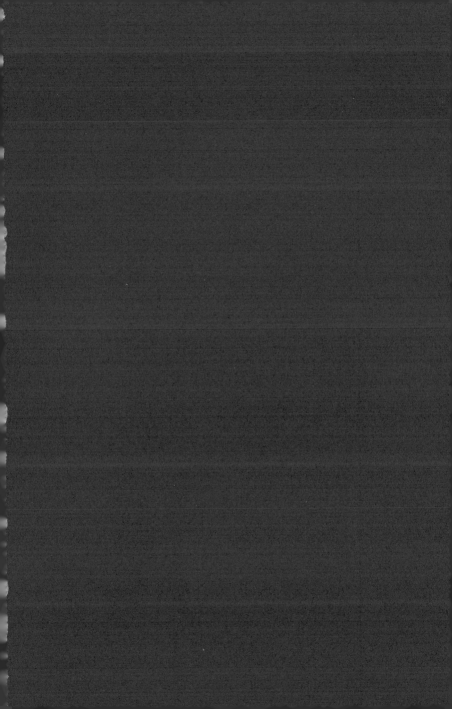

たとえ明日、世界が滅びても今日、僕はリンゴの木を植える

瀧森古都

SB Creative

ブックデザイン：bookwall

たとえ明日、世界が滅びても　今日、僕はリンゴの木を植える

第一章　笑わないピエロ

それは、ふわふわとした粉雪が舞う冬の日のこと。

小さな町のショッピングモールの屋上で、あるイベントが行われた。

先着順に選ばれた百名が集まり、一人一つの風船を空へ飛ばすのだ。

その風船には、それぞれの『想い』をつづった手紙が結びつけられている。

今は亡き大切な人やペット、生き別れとなっている家族や友人、その人たちに伝えたい『想い』を風船のひもに結び、風任せに飛ばす『風船飛ばし』という行事である。


「おーい、修二。そろそろ準備はいいか？」

控え室のドアをノックすると同時に、マネージャーの山下が入ってきた。

マネージャーといっても、芸能人のスケジュールを管理するような存在ではなく、イベント会社の営業兼マネージャーで、僕はそこに登録しているパフォーマーである。
パフォーマーなんていうと聞こえはいいが、いわゆる一つの『ピエロ』だ。
顔面を白く塗り、鼻の先に丸くて赤い玉をつけ終わった僕は、

「いつでもオッケーですよ」

と、鏡越しの山下に言った。
調子のいい山下は、「じゃあ、スタンバイに入って。今日も笑顔でよろしく！」と形式的な挨拶《あいさつ》を交わし、控え室を出ていった。

（笑顔でよろしく……か）

きっと、山下は気づいていないんだろうけど、パフォーマンス中、僕は一度も笑ったことがない。笑おうと思ったこともなければ、つい笑ってしまったということもない。

赤の他人に媚《こ》びたって、何の得もないし、ギャラが増えるわけでもない。ましてや、この仕事を楽しいと思ったこともなければ、長く続けていこうとも思っていない。とりあえず食っていくために技術を身につけただけだ。
僕が笑顔に見えるのは、唇の中央から頬骨《ほおぼね》に向かって大胆に描いている偽物の口のお陰だろう。笑って見えているようならよかった。これで気持ちよく金を払ってもらえる。
そんなことを考えながら、ピエロ姿で控え室を出ると、何やら辺りがざわついていた。

「せやから、ワイはカンケリや！　カンケリ言うてるやろ！」

屋上直通のエレベーター前で、ペラペラの関西弁を話す外国人が、ショッピングモールの責任者に必死で何かを説明している。
もさもさしたアゴヒゲを生やし、頭には紫色した和柄の風呂敷《ふろしき》をターバンのように巻き、いかにも怪しい雰囲気だ。

「何度も言いますが、今日は屋上でイベントがあるので、缶蹴《かんけ》りされては困るんです。

先着百名の入場券がないと、このエレベーターはご利用できません。お引き取りくださ い」

「わからんやっちゃなぁ、カンケリするしないちゃうで。ワイがカンケリなんや！」

必死に「カンケリ」を連発している褐色の肌の外国人は、飲み終えたコーヒーの空き缶を片手に、屋上直通エレベーターに乗り込もうとしている。

彼が着ている黄色いジャンパーの背中には、『オムのオムライスカレー』という文字がプリントされていて、一見、何の意味があるのかわからない。しかし、それは彼が営むカレー屋の看板商品なのだ。

そう、僕は彼のことを知っている。彼の名前は『オム』。インドから来た二十五歳の変わり者。年は僕と同じだけど、見た目はオムの方がずっと年上に見える。

そして、オムは僕と同じイベント会社に登録しているパフォーマーでもある。今はほとんどパフォーマンスしていないが、今回開催される『風船飛ばし』の会場でカレー店を出店することになっているのだ。

また、彼がさっきから叫んでいる『缶蹴り』の本当の意味も僕は理解している。けれど、この光景が面白かったので、もう少し見物していようと思ったら、奥から出て来た警備員二人にオムが取り押さえられてしまったため、助け船を出すことにした。

「オム！」

両腕を取り押さえられているオムは、僕の声がする方を振り返ると、「シュージ！」と泣きすがるような声で叫んだ。

ショッピングモールの責任者と警備員に、彼は僕と同じイベント会社の人間であることを伝えると共に、『カンケリ』は『関係者』という意味であることも説明した。日常会話はペラペラなのに、彼はなぜか熟語に弱い。言葉をどういう方法で覚えているのかわからないけど、記憶する途中で何か違うものに変換されてしまうようだ。

「空き缶なんて持って歩いてるから、余計まぎらわしいんだよ、オム」

解放されたオムは、「シュージ、もっと早よぉ助けぇや」と言い、僕の腕に自分の腕をからませてきた。

「オム、それ以上触るな」

「そない冷たくせんでもええやん、シュージぃ」

本当かどうかわからないけど、オムは女性を愛したことがないと言っていたことがある。真相はわからないままだし、すごくいいやつだから仕事仲間として付き合っているものの、時々こうして距離感が近くなると、その時の話をふと思い出してしまう。

「ほら、早く屋上行くぞ。イベントが始まっちまう」

「せやな。かき揚《あ》げどきや〜」

「それを言うなら、『かき入れどき』な。稼ぎを揚げちゃダメだよ」

真っ白い歯を見せて笑うオムは、親指を立てて「ＯＫ」と言うと、からませていた腕をスルッとほどき、ピエロ姿の僕と一緒に屋上直通エレベーターに乗り込んだ。

屋上へ到着すると、だだっ広い芝生の上に、想像を上回る数の人々が風船片手に集まっていた。

小さな町ゆえ、地域で行われるイベントはめずらしく、意外に集客力があるのかもしれない。

何より、この開放的な空間に、ふわふわと粉雪が舞う光景は幻想的といえる。

目の前の光景に見とれていると、ピエロ姿の僕を見つけた子どもたちが、「ピエロさんだ！」と言いながら集まってきた。

この瞬間から、僕は男でも女でもなく、そして人間でもない『ピエロ』のスイッチをオンにする。

ひらひらのレースがついたポケットの中から、長細い風船を取り出し、優しくふくらませながらウサギを作ってみせた。これは、バルーンアートという技術である。

バルーンアートとは、細長い風船をひねって、動物や乗り物など様々なものを作る芸のことだ。時には、いくつもの風船を使って複雑な形を作ることもある。この技術を習得したことにより、どうにかこうにか食うことができている。開店したばかりのコンビニやパチンコ店をはじめ、学校や病院、ショッピングモールなど、大小規模にかかわらず重宝してもらっているのだ。

今回のような『風船飛ばし』という企画は、「修二にはもってこいの仕事だ」とマネージャーの山下が言っていた。仕事に誇りなんてないけど、人から求められているうちは、このままこの職業でやっていくのも悪くないかな……と思ったりする。

風船で作られたウサギを、手前にいた子どもに差し出すと、「ありがとう！　ピエロさん！」と言って満面の笑みで両親のところへ走り去っていった。

そんな屈託のない笑顔を見ると、僕の心の中に小さな嫉妬《しっと》心が生まれる。

愛されることや優しくされることを「当たり前」としている子どもは、実の母親すら知らない僕にとって、敵対してしまう存在なのだ。親子ほど年が離れていたとしても、その感情を捨てきることはできない。

明るく見えるオムも、僕と同様、心に闇《やみ》を抱えている。詳しくは聞いたことないけど、若くして母国を離れ、日本人にまぎれてチープなイベント会社に登録しているなんて、それだけで充分「普通」じゃないことは想像つく。けれど、お互いの過去を知ったからといって、傷のなめ合いみたいな関係になるのもむなしい。だから僕は、オムの過去を知ろうと思わないし、知りたいとも思わない。

「ほな、またあとで」

真っ白い歯を見せたオムは、自分の持ち場であるカレー屋のテントへ向かった。

そして、関係者たちがそれぞれの準備を済ませた頃、『風船飛ばし』の開幕を知らせるアナウンスが流れた。

簡単な説明も放送され、運動会が始まる時のように「パン！」というピストルの音がしたら、手に持っている風船を手放すように……とのこと。

アナウンスを聞いた人々は、それぞれが手にしている風船を頭上にあげた。風船のひもには、風にしか届けられない『想い』がくくりつけられている。

ピストル音が鳴るまで、あと三十秒。カウントダウンが始まったかと思うと、カレー屋のテントの方からオムが走り寄ってきて、屋上の隅《すみ》の方を指さした。

「なぁ、シュージ。あの子、様子おかしゅうない？」

オムが指さす方を見てみると、真冬にもかかわらずTシャツと半ズボン姿の少女が、屋上のサクの外側へ出てしまっている。

「保護者は一緒じゃないのかなぁ」

「ホゴシャ？」

「そう、親とか親戚とか、子どもに付き添う大人のこと」


この場には、事前に郵送されている「先着百名のチケット」がないと入れないのだが、だいたいの参加者が家族で来ているため、子ども一人の姿はめずらしい。

しかし、遠目から見る限り、やはり少女の周りに大人の姿はないし、周囲はみんな空を見上げていて、少女の存在に誰も気づいていない。

オムと一緒に少女の方へ近づいてみると、Tシャツの首の後ろのタグに、赤い風船が結びつけられている。その風船は、頼りないパラシュートのごとく、ふわふわと風に揺れている。

その時、この場にいる全員でカウントダウンが始まった。

10・9・8・7……すると赤い風船をつけた少女は、サクの外で膝を曲げ、屋上から飛び降りようとする姿勢を取ったのだ。

「あぶない！」

２・１……「０」の声が響き渡った瞬間、辺り一面、色とりどりの風船が空に舞い上がった。降りてくる粉雪に逆らうかのように、百個の風船は空へ空へと昇っていく。

そして少女に結びつけられている赤い風船は、空に舞うことなく留まった。

カウントダウンが「０」になる寸前、間一髪《かんいっぱつ》でオムに抱き留められたのだ。

「君、なんでサクの外に出ちゃったの⁉　あぶないじゃないか」

サク越しに声をかけた僕を見て、「あ、ピエロ……さん？」と少女はつぶやいた。その顔は、まるで僕のことを知っているかのような表情である。

「なんやシュージ、この子のこと知っとるん？」

「いや、まったく……」

改めて少女の顔を見てみるものの、やはり記憶の隅にもない。もしかすると、どこかのイベントで会ったことがあるのかもしれないが、そこら辺を走り回る子どもの顔をいちいち覚えているわけもなく。

ひとまず、Tシャツ姿の少女にオムの着ていたジャンパーを着せ、インフォメーションで迷子の届け出がないか聞いてみることにした。

とはいえ、僕もオムもまだ勤務中のため、イベント会社のマネージャーである山下に少女を預けようとしたところ、少女は僕の衣装の裾《すそ》をつかみ、山下に渡されることを拒《こば》んだ。少女に拒まれた山下は、さも忙しそうに「ごめん修二、ショッピングモールの責任者にお願いしてよ」と言ってその場を去ってしまった。

あの男はいつもそうだ。調子がいいくせに、自分の責任に関わることになると、すぐにその場を逃げる。

山下の人間性はさておき、仕方がないのでイベントが終わるまでの残り三十分ほど、少女にはオムのカレー店で待機してもらうことにした。その間も、この子の家族が探しているかもしれないため、できるだけ店舗から見えるところにパイプ椅子を置き、少女にはそこに座ってもらった。

「君、名前は？」

首の後ろのタグに赤い風船をつけたままの少女は、小さな声でこう言った。

「ゆうれい」

僕は、聞き間違いかな？　と思い、「は？」と言った。

すると少女は、

「わたし、ゆうれいなの」

と答えた。それを聞いていたオムは、

「ユーレン？　ユーレンって、あれやろ？　かっこいい踊りやろ？」

と言って、船を漕《こ》ぐような振り付けをしながら「ユーレン　ソーメン　ソーレン　ソーメン　ハイ！　ハイ！」と踊って見せた。

オムの言っている『踊り』とは、おそらく『ソーラン節』と思われるが、今は正しいことを説明している余裕はなく、そのまま踊らせておいた。

「とりあえず、あと少しここで待ってな。イベントが終わったらインフォメーションに連れてってやるから。もし、それまでに親を見つけたら、そのまま帰っていいから」

首の後ろのタグについている赤い風船も、目印としてそのままつけておくことにした。間違った掛け声のソーラン節を踊っていたオムが、カレーのトッピング用の「から揚げ」をつまようじに一つ刺して少女に差し出すと、少女はお腹をすかせていたのか、そのから揚げを一口でたいらげた。

その後、『風船飛ばし』のイベントは無事に幕を閉じ、出店していた各テントもきれいに片づけられ、だだっ広い芝生が再び姿を見せた。

結局、最後の最後まで少女の保護者は現れず、私服に着替えた僕と、テントを片づけ終えたオムとで少女をインフォメーションへ連れていくことにした。

私服に着替えた僕を見て、少女は不思議そうにこう言った。

「ピエロさんて……人間？」

それを聞いていたオムは、腹を抱えて笑い出した。

「子どもは、おもろいのぉ。シュージ、ヒッヒッ、お前さん……ヒッ、人間やったんやね～」

これだから子どもは苦手だ。物事を論理的にとらえられず、見たものを見たままにとらえる。そんなところを「かわいい」と思えるほど、僕は大人じゃない。二十五歳になってもこんなことを言っている僕は、きっとこれからも大人になれないと思う。けど、言葉を感覚で覚えているオムも、子どもに近いのかもしれない。オムのことは不思議と憎めないけど。

そしてインフォメーションのカウンターで今日一日の迷子の届け出を調べてもらったものの、少女に似た特徴のものは見つからず、僕とオムは途方に暮れた。また、その回答を聞いた少女は、寂しそうな表情をするわけでもなく、不安で泣き出す様子もなく、いたって無表情のままである。もしかすると、この子も僕と同じように「笑うこと」が苦手なのだろうか。ふと、そんな風に感じたりした。

「さて、どうしまひょか。なにか親の『手かかり』はないやろか」
「オム、『手かかり』じゃなくて、『手がかり』な」
「オッケー。手かかりを探しまひょか」

どうやらオムは、一度インプットした言葉を正しい言葉に上書きすることが苦手なようだ。

「ってゆーか、僕たちがそこまでする必要ある？」

冷たい考えかもしれないが、現実的に考えて、僕たちがそこまでしてあげる筋合いはないと正直思う。

「せやけど、かわいそうやろ？　このユーレンちゃん、一人ぼっちやねんから」

「そういや、自分のことを『ゆうれい』って言ってたね……。君、本当の名前は？」

僕はもう一度少女に名前を聞いてみた。けれど、彼女は首を横に振り、何も答えない。

「仕方ない、じゃあ警察連れてくか」

そう言うと、少女は僕の足にしがみつき、大きく首を横に振った。

「何？　警察に行きたくないの？　警察って何だかわかってる？　おまわりさんのことだよ。君のお父さんやお母さんを探してくれる人だよ？」

僕を見上げている少女は、コクンとうなずいた。

「じゃあ、行こうか」

僕の足にしがみついている少女の手を、そっとほどこうとすると、少女はさらに力強く僕の足にしがみついてきた。

その様子を見ていたオムは、「なんか事情があるのかもしれへんよ」と言った。

「事情があるとしても、このまま連れて歩くわけにもいかないだろ。このあと、もう一件イベントの仕事が入ってるし」

そう言うと、オムは少女の目線までしゃがみ込み、「じゃあ、ワイの店へ行くか？」

と言った。オムの言う「ワイの店」とは、軽自動車で営んでいる移動カレー店のことだ。今回のようなイベントでテントの店を頼まれることもあるが、通常は軽自動車で移動カレー店をしている。だから、少女を車に乗せつつ仕事をすることも、オム的には不可能ではない。

そんなオムの提案に対して、少女は首を横に振り、

「ピエロさんと一緒にいる」

小さな声でそう答えた。

「ずいぶん気に入られたもんやのぉ、シュージ。それか……やっぱりこの子はお前さんのことを知っとるんちゃう？」

オムがそんなことを言うと、少女は半ズボンのポケットから一枚の写真を取り出した。

その写真を手に取ったオムは、こんなことを言った。

「なんや、やっぱシュージのこと知っとったんか」

少女がポケットから取り出した一枚の写真には、三年前、バルーンアートを覚えたばかりの頃の僕の姿が写っていた。衣装も今日とまったく同じである。

ピエロとはいえ、一着しか衣装がないわけではない。イベントの場所や雰囲気に合わせ、四〜五種類のバリエーションを用意してあるのだ。

僕は、少女に質問した。

「この写真、どうしたの？」

すると少女は、オムが手にしている写真を引ったくり、再びポケットにしまうとこう言った。

「まさみさんが持ってた」

「まさみさんって誰？　お母さんのこと？」僕は質問を続けた。

「『おかあさん』って、なに？」

「君を産んだ人のこと」

「あ、じゃあ……そうかも」

今のやりとりからして、この少女が複雑な環境の中で育ったということは誰もが察することだろう。けれど、それよりも僕は、三年前の僕の写真を『まさみさん』という人物が持っていた真相を知りたくて、さらに少女を問いただした。

「どうして『まさみさん』が僕の写真を持ってたの？」

「……」

「じゃあ、質問を変えるよ。君はどうして、この写真を持ってたの？」

「……なんとなく」

このやりとりを聞いていたオムは、突拍子《とっぴょうし》もない発想を口にした。

「この子もしかして、シュージの……申し子ちゃう？」

「申し子⁉」

「せや、ほら、周囲の知らんとこで産ませた申し子や」

「オム……たぶんだけど、それ、『隠し子』の間違いだと思うよ。申し子は、神様に願って授かった子のことだよ。僕は、子どもが欲しくて神に祈ったこともなければ、オムの言う『隠し子』もいないよ」

「そないなこと、わからへんやん。シュージの知らんうちにデキとって、知らんうちに産まれとったのかもしれへんし」

オムの発想は突拍子もないが、念のため過去を整理してみると……やはりこの子が僕の隠し子であることはないと思う。

というのも、推定する限りこの子は五歳前後だろう。だとすると、僕が二十歳そこそこの頃に付き合っていた女性との間にできた子ということになる。それは絶対にあり得ない。なぜなら、僕はその頃日本にいなかったから。今から九年前の高校一年の時、唯一の家族だった父親を亡くし、天涯孤独《てんがいこどく》になった僕は「生きること」の意味も気力も失い、高校卒業後も何もせずフラフラしていた。訳あって中学の時から施設で暮らしていた僕だが、高校卒業と共にそこを出て、日雇《ひやと》いのバイトをしながら宿泊できるカフェに泊まっていたのだ。日々、息をしているだけだった。

そんな時、父の恩師の力添えでアメリカ留学をさせてもらうこととなったのだが、そこで本場のバルーンアートに出会った。

派手な衣装を着て、豪快なメイクをしているピエロを見て、僕は「あぁ、こういう生き方もアリだな」と思った。男でもなく、女でもなく、そして人間でもない存在のピエロ。ピエロになれば無理に笑ったり、人の顔色をうかがって生きなくていい。生きる意味を考えなくてもいい。そんな風に思った。

それから三年間、二十二歳になるまで僕はアメリカで過ごしていた。要は、十九歳から二十二歳までは日本にいなかったのだ。仮にこの子の年齢がもっと上だとしても、そのころ僕はまだ高校生だ。一匹狼だった僕に、彼女など寄りつくわけもなく……。だから、この少女の父親が僕であるという可能性はゼロに近い。というか、ゼロだ。

自分の歴史を猛スピードで思い返していると、

「それよか、この赤い風船、誰がつけたん？」

オムが現実的なことを言い出した。僕は赤い風船に目をやった。

少女が着ているTシャツのタグに結びつけられている赤い風船は、今もゆらゆらと宙に浮いている。親がつけたのだとしたら、迷子となった彼女を探すにあたって目印となると思い、そのままにしていたが、結局彼女を探している人間は見つからなかった。だとすると、この風船はいったい誰が何のために結びつけたのだろう。

するると少女は、ほんの少し明るい表情でこう言った。

「この風船はね、わたしがつけたの」

「なんのために？」

オムが聞くと、

「お空へ飛ぶために」

と、少女は笑顔で答えた。

屋上から飛び降りようとしていたのは、本気で空を飛ぶつもりだったのだ。

子どもという生き物は、時としてとても怖いことを考える。いや、怖いと思うのは、大人となった今「空を飛べる」という夢を失ったせいかもしれない。僕も子どもの頃は、風船で空が飛べると本気で思っていた気がする。

結びつけられている根元のところをよく見ると、手紙らしき紙がついている。

僕がそれを手に取ろうとすると、少女は「それ、ピエロさんにあげる」と言った。

Tシャツのタグから風船を取りはずし、手紙らしき紙を広げてみると、なんと中からは一万円札が一枚出てきた。

「これ……どうしたの？」

「まさみさんがくれた」

「まさみさんが、どうしてこんな大金をくれたの？」

「これで、しばらく暮らしなさいって」

「しばらくって、どれくらい？」

「……わからない」

少女の話を聞いていた僕とオムは、顔を見合わせて同じことを思った。

複雑な話が理解できないオムだとしても、この状況は理解せざるを得ない。

僕は、残酷《ざんこく》だと思いつつも少女にこう言った。

「君、捨てられたんだよ」

「お前、捨てられたんだってな」

*

ピエロとなった僕は、今でこそ子どもたちの人気者だけど、元々はそんなんじゃない。

元々の僕は……ずっと嫌われ者だった。

小学生の頃には、いじめられっ子になっていたのだ。

理由は、僕が『捨て子』だから。生まれてすぐ、僕は母親に捨てられたんだ。真夜中の学校に……。

僕を産んだだけの人を『母親』と呼ぶことが正しいのかわからないけど、その人は当時十七歳だったとか。

しかも、担任の教師に妊娠させられてしまい、誰にも相談できずに一人で僕を産み落としたらしい。

その担任というのが、当時教師をしていた僕の父親……。

そんなこと、小学四年になるまで僕は一切知らなかった。母親は病気で死んだと聞かされていたし、父が過去にそんな罪を犯していたなんて考えたこともなかった。

どんな経緯で父が男手一つで僕を育てることになったのか、そんなことはわからない。

けど、その後、名門女学校の教師を辞めさせられ、田舎町で塾の講師になったとのこと。

当時のことは、テレビのニュースになることもなく、学校内でもみ消されたという。

そんな一部の人しか知らない話を、いじめっ子はどうして知っているのだろうか。

やはり、デタラメに違いない。最初はそう思った。

けれど、父はそのことについて何も語らなかった。母親が病気で死んだということが嘘《うそ》か本当かも語らない。語る必要もないと思っていたのか、「嘘でした」と言えなかっただけなのか、それは今もわからない。

一度だけ、それとなく父に母のことを尋《たず》ねたことがあった。


「僕たちって……似てないよね？　僕は、お母さんに似たの？」

その問いかけに父は、「どうかなぁ」と言うだけで、真実を話し出すきっかけにはならなかった。

あの時、一言でもいいから安心できる言葉を投げかけてくれれば、僕は父を信じ抜くことができたかもしれない。父と母が出会ったきっかけや、母がどんな性格だったかなど、父の口から一度も聞いたことがなかったから。

僕と父の間には、次第に溝ができ始めた。

保護者の間でも噂《うわさ》は広がり、あっという間に当時のことは学校中に広まった。それにより、僕の平和は失われたのだ。

僕は慣れるしかなかった。どんな言葉も気にしない、なんともない、こんなのなんてことない、そう自分に言い聞かすことで言葉の凶器から身を守った。

父はとても優しい人だったけど、授業参観や運動会に参加してくれるたび、保護者たちがざわついたため、父には学校に来てほしくなかった。

でも「来てほしくない」の一言が言えなくて、僕は学校行事に参加しなくなった。参加しなければ、父が学校へ来ることもないと思ったから。

そんな父は、僕が高校一年の時、病気で他界した。

しかも、刑務所の中で……。

僕が中学一年の時、父はある事件を起こしてしまい、刑務所へ入ることとなった。

とはいえ、父が起こしてしまった事件は、事故のようなものだった。

中学校に進学した僕に対するいじめは、より一層エスカレートし、僕のことを『変態の息子』と言うやつもいた。

僕は、そんな風に言われていることを父に知られたくなかった。

父との間に溝はあったけど、父を信じたいと思う自分もいたし、父には傷ついてほしくなかったし、だから、いじめられていることを絶対に知られたくないと思っていた。

けれどある日、いつもより早く仕事を終えた父は、学校の近くの河原《かわら》で僕がいじめられているのを目撃してしまった。

その日は、僕が大切にしていたものをいじめっ子に取り上げられ、僕はいつも以上に興奮していた。

いつもなら、何を言われてもヘラヘラ笑ってかわしていたのだが、取り上げられたものを取り返そうとして、いじめっ子たちと取っ組み合いのケンカとなってしまったのだ。

僕が大切にしていたものとは、フェルトでできた「リンゴのキーホルダー」。

親指ほどの小さなものだけど、母親のいない僕のために、保育園の時父が一生懸命作ってくれたものだった。

裁縫《さいほう》なんかしたことがなかった父は、保育園で必要なバッグや上履《うわば》き入れをすべてデパートで買っていた。僕は特に不満なんてなかったものの、

「修二くんって、手作りのものが一つもないよね」


と無邪気に言った園児の言葉に、父はとても傷ついてしまった。そしてその日の夜、慣れない糸と針を使って僕にリンゴのキーホルダーを作ってくれたのだ。

お世辞にも上出来とはいえない仕上がりの「リンゴのキーホルダー」だが、僕にとっては大切な宝物だった。

小学生の時はランドセルにつけ、中学生の時は学生カバンにつけていた。その小さなリンゴは、僕と父を結ぶ小さな絆《きずな》のような存在だと思っていたから。

そして、いじめられっ子に取り上げられた小さな絆は、泥だらけの靴に踏みつけられ、鮮やかな赤いリンゴの面影《おもかげ》はひとかけらもなくなった。

僕は「こいつらなんか、この世から消えてしまえばいい」と思った。いや、いっそこ

のまま世界が滅びてしまえばいい……とも思った。生きていたって良いことなんて何もない。父のことを大好きだったのに、こいつらのせいで好きじゃなくなりかけている……。父を信じきれない自分のことも好きじゃなくなりかけている。僕なんか生きていたって何の意味もない……泥まみれのリンゴを見ながら、そんなことを思っていた。

するると、僕がいじめられている光景を目の当たりにした父は、止めに入ろうとして僕と奴らの間に駆け寄ってきた。

駆け寄る父に向かって、いじめっ子の一人が「変態が来たぞ!」とふざけながら言い、足元に落ちていた鉄パイプのような棒を拾って父に振り上げた。

とっさに父は身をかがめて棒をよけたが、父の頭上を空振りした鉄パイプは、他のいじめっ子の顔面に力いっぱい命中し、その子は意識不明の重体となってしまったのだ。

そして二週間後……意識が回復することなくその子は死亡した。

あの日、あそこにいた僕以外の全員は、口裏を合わせて「修二の父親がキレて殴った」と警察に言った。

僕が普段からいじめられていたことは、周囲の発言によって証明されたものの、あの日の瞬間を目撃している人はおらず、父は傷害致死の罪で実刑を受けることとなってしまった。


僕は、一人ぼっちになってしまった――。

何に対して怒りをぶつけたらいいのだろう。

誰に対して憎しみを向けたらいいのだろう。


あの日、たまたま父が通りかかった『偶然』に怒ればいいのだろうか。

あの日、リンゴのキーホルダーを奪い取ったいじめっ子を憎めばいいのだろうか。

それとも、リンゴのキーホルダーなんか作った父親に怒りをぶつけるべきだろうか。

もしくは、本当かどうかもわからない『父の過去の真相』を言いふらした誰かを……

いや、父を信じぬけなかった僕を憎むべきだろうか。

そうじゃない……死ぬまでやり直せないこの『人生』を悔やむべきなんだ。

泥まみれとなった小さなリンゴを、手のひらの中でギュッと握りしめると、その泥の色は僕自身の心の中の色のように思えた。

そして、僕の新居となった施設という名の箱の中は、一人でもあり、一人でもなく、寂しくもあり、寂しくもなく、ただ食って寝て生きる生活が始まった。

こういう人生を、人は「不幸」と呼ぶのだろうか。

神様は、どうしてこのシナリオの主役を僕に決めたのだろう。

すると神は、さらなる不幸を僕に与えた。

父が服役して数年が経った頃、父は末期のガンだと診断されたのだ。

僕の耳に入った時には、すでに余命三ヶ月――。

医療刑務所の担当医から、「覚悟しておくように」と告げられたものの、『覚悟』って
いったい何を覚悟したらいいんだろう……そう思った。

二度と会えなくなることを『覚悟』するなんて、できるはずがない。

そんな覚悟の方法があるなら、教えてほしい。

ぶつけようのない僕の怒りと憎しみは、透明の壁に跳ね返って、心に再び突き刺さる。

四人部屋の施設の片隅で、僕はこの世が滅びることを心から願った。

父が亡くなる少し前には、毎日のように手紙が届いた。「元気か?」「飯食ってるか?」

「友達できたか?」そんな当たり前の言葉の最後には、決まってこう書かれてある。

『修二、ごめんな』

僕は、何て言っていいかわからなくて、この気持ちを表す言葉が見つからなくて、一度も返事を書いたことはない。

そして僕が十六歳となった冬、父は塀《へい》の中で静かに息を引き取った。


僕は、父に一度も「ありがとう」と言えなかった。

僕は、父に一度も「ごめんなさい」と言えなかった。


いじめられていたことを助けてくれたことも、僕を育ててくれたことにも、一度も礼を伝えることができないまま永遠の別れを迎えてしまった。

父は僕に「出生の真相」を最後まで語らなかった。けど、それはそれでよかったのかもしれない。もし、父の犯した罪が真実だったとしたら、僕の中の小さな希望は、ジュッと音を立てて消えてしまっただろうから。

けど、父に「信じてるよ」って言葉をかけていたら、何か変わったかな。

父との間にできた溝は、埋まったのかな。

箱の中に封印したリンゴと共に、僕の笑顔もそこに閉じ込めてしまった気がする。

いじめられていたあの頃、僕は何のために笑っていたのだろう。

いじめっ子に対しても、ヘラヘラと笑い、嫌われることを恐れていたのだろうか。

あんな奴らに媚びたって、友情も信頼も何も得るものなどない。

それなのに僕は笑っていた。

そして、笑わないピエロとなった僕は、自分と似た目をした少女に出会った。

ショッピングモールの屋上で開催された『風船飛ばし』というイベントにて、赤い風船をつけた少女は、自分のことを「幽霊」だと言っている。

彼女は、おそらく親に捨てられた。

真っ赤にふくらんだリンゴのような風船は、僕に何かを伝えているのだろうか。

この少女を、警察へ送り届けてしまえばそれでいい。けれど、心のどこかで「それでいいのか?」と葛藤している自分がいる。

僕の足をぎゅっとつかみ、見上げてくる少女の瞳の中に、暗闇の学校に捨てられた僕自身の姿が映って見えるのは、気のせいだろうか。

＊

「ほんで、シュージは手紙になんて書いたん？」

運転しながら『ソーラン節』を鼻歌で歌っていたオムが、ふと、そんな質問をしてきた。

次の仕事場まで送ってくれるとのことで、遠慮なく僕は少女と共に乗せてもらっているのだが、車内はとにかくカレーのスパイスの香りが充満していて、目がシュパシュパする。また、後部座席は調理スペースとなっているため、少女は助手席の僕の膝の上に座らせた。子どもってこんなに軽いんだ……と思うほど、少女は小さくて軽い。見た目からすると推定四〜五歳に見えるが、それはこの子が小さいからそう見えているだけで、もしかするともっと上かもしれないし、下かもしれない。僕たちの質問にほとんど答えてくれないため、すべて憶測だけど。

「手紙？」

「せや、さっきのイベントで、カンケリも一人一枚メッセージカードもろたやろ？　便せんに長い手紙を書いてきはってる人もおったけどな」

「あぁ、『風船飛ばし』ね。あの薄っぺらいメッセージカードはもらったけど、僕は何も書いてないよ。ちなみに、カンケリじゃなくて関係者ね」

「え？　書かへんかったの？」

「まぁ……別に何かを伝えたい人なんていないし」

「嘘や、そんなわけあらへん」

「嘘じゃないよ。じゃあ、オムは誰かにメッセージ書いたの？　今は亡き大切な誰か……とか」

「当たり前や。ユーレンちゃんを見つけてしもうたから、飛ばすことはでけへんかったけど」

「ってゆーか、オム。字ぃ書けんの？」

「シュージ、ワイをバカにするのもええ加減にせえや。字ぃくらい書けるわ」

「へぇ～」

「ま、日本語ちゃうけどな」

「でしょうね」

「ええやんけ、ワイが想いを届けたい人はインド人なんやから」

「なるほど」

「あ、けど、書ける日本語もあるで。漢字一文字やけど」

ハンドルを左手で握り、右手で空中に字を書いて見せようとしている。

「おい、あぶないから運転に集中してくれよ、オム」

その瞬間、僕はあることを思いついた。

「それだ……」

「へ？」

「この子がタグに結びつけてた風船に、ほら、一万円札が結びつけてあったろ？　その一万円札を包んであったあの紙、あれは会場で配られたメッセージカードじゃ……」

「それやとしたら？」

「あの紙を手渡されていたとすると、先着百名の名簿にこの子の母親の名前も書いてあるんじゃないかなって」

「シュージ」

「ん？」

「お前さん、天才ちゃう？」

少女から預かっていた一万円札を、僕は即座にポケットから取り出した。

くるんである紙をそっと開いてみると……

「なんだ？　これ」

その紙は風船に結びつけるメッセージカードではなく、なんとＡＴＭの明細書だったのだ。

しかも、明細書に記されている残高金額は、たったの三百八十二円。

そして引き出された金額は、ジャスト一万円。
おそらく、なけなしの金を引き出し、少女に手渡したのだろう。

(もしかして……)

不吉な想像が、僕の脳裏《のうり》をよぎった。
少女の母親は、死を覚悟して全財産を少女に渡したのではないだろうか。
明細書に記載されている日にちと時間を見てみると、今日の午前六時二十分となっている。この時間に引き出したということは、二十四時間営業のコンビニだ。
ショッピングモールで行われた風船飛ばしの開始時間が朝十時だから、始まるまでの間、いったいどこで何をしていたのだろう。

「なぁ、シュージ。どないしよった?」

明細書を片手に黙り込んでしまった僕を見て、オムは不思議そうに尋ねてきた。

「いや、これ風船につけるメッセージカードじゃなくて、ＡＴＭの明細書だったんだ」

「メイサイショ？　あぁ、金の出し入れのことが書かれてあるやつやな」

「オム、明細書はわかるんだ！」

「当たり前やがな、商売しとるんやから。ほんで、そのメンタイコにはこの子の手かかりは書いてあったん？」

「やっぱり、まともに覚えてるわけないか……。記憶してる言葉と発する言葉が違うって、どういうことだよ」

「ま、よくあることやろ。日本人でいうと、難しい漢字を『読めるけど書けへん』ってのと同じじゃ。んで？」

「あぁ、明細書には引き出された一万円のことと、残りの金と、今日の早朝に出されたことしか記されてないよ」

「そりゃそやな。けど、どこのＡＴＭから金を出したかはわかるんちゃう？」

「オム」

「なんや？」

「お前、天才ちゃう？」

僕は、さっきオムに言われたことを真似して茶化しつつ、本当にすごいと思った。

ケータイで記載されている店番号を調べてみると、そこは神奈川県の北部であることがわかった。ここは千葉の最南端だから、移動には三時間以上かかる。朝の六時に金を出し、早朝の電車に乗って来たってわけか？

けど、どうしてそんな遠くからわざわざ……？　この子を捨てるために、遠い方が都合よかったのだろうか。

どんな理由にせよ、地域の人たちばかりが参加したイベントゆえ、これでさらに特定しやすくなった。

先着百名のチケットは、事前に郵送されているはずだ。だからイベント参加者の中から神奈川県の住所の人を見つければ、この少女の母親を特定することは難しくない。

「オム、僕たちを降ろしたあと、もう一度ショッピングモールに戻ってもらってもいい？」

「ええけど、戻って何したらええの？」

「さっきのイベントの責任者に会って、先着百名の名簿を見せてもらうんだ」

「で？」

「それで、神奈川県民の応募者を探して。ほとんど地域の人ばかりの参加者だったから、すぐに見つかると思う。けど……」

「けど？」


少女の母親は死を覚悟しているかもしれない……と言いかけて、口に出すのを僕はやめた。膝の上にチョコンと座っているこの子に、今はまだ聞かせる必要のない情報だと思ったから。

警察に任せてしまえば楽だけど、僕の写真をなぜ持っていたのか、そのことについてまだちゃんと聞いていない。それに、あんなに力強く足にしがみつかれたら、その手を振りほどくわけにもいかない。

そんなことを考えていたら、オムが「シュージ……やっぱりワイは無理や」と言った。

「何が無理なの？」

「ショッピングモールに戻って、ユーレンちゃんのおっかさんを探すことはできん」

「……」

「ワイ……字ぃが読めへん」

「！」

「すまん、シュージ。パフォーマンス終わるの待っとるから、一緒に行こうや」

「……だな」


本当なら、すぐに戻って名簿を確認しないと、手遅れなことになりかねないが、仕事に穴をあけるわけにもいかない。

次に僕がパフォーマンスするのは、金持ちの子が通う私立幼稚園だ。

そこで行われる「バザー」とやらで、園庭にてバルーンアートのパフォーマンスを依頼された。子どもたちに取り囲まれず、順調に終われば一時間程度で終わるだろう。

「ちゃっちゃと終わらせてくるから、オムと一緒に待ってな」

膝の上に座っている少女にそう言うと、少女は首を大きく横に振った。

「勘弁してくれよ……」

「子連れピエロかぁ、ダイワになるで、シュージ」

「ダイワじゃなくて、『ワダイ《話題》』な」

＊

とうとうこの日が来た。

深々《しんしん》と降る粉雪が、積もることなく道の上で消えていく。

六歳になった娘の手を引き、私は早朝のコンビニへ入った。

寒さをしのぐわけでも、何かを買うわけでもない。ＡＴＭで全財産を引き出すと共に、私は「お母さん」を辞める日を迎えたのだ。

そもそもこの六年間、お母さんらしいことなど何一つしてこなかった。「お母さん」

と呼ばせることすらしていない。自分が母親である自覚を持つことが、なぜだかわからないけど怖かったから。私なんかを「お母さん」と言わせることは、罪悪感を積もらせるだけだから。

だから私は……、今日この子を捨てる。

「ねぇ、まさみさん、肉まん食べたい」

どこかオドオドしながらも、食べたいものを主張してくる。それが子どもの特徴なのかもしれないけど、私はこの主張を許すことができない。

「さっきパン食べたでしょう？　我慢しなさい」

娘は、「わかった」とも「嫌だ」とも言わず、コンビニ内の雑誌コーナーへ行った。

私が子どもを捨てるのは、初めてではない。

二十五年前、たった一人で産み落とした男の子を、深夜の学校に捨てたことがある。

十七歳だった私は、そうするしかなかった。

そうするべきだった。

ずっと自分にそう言い聞かせて生きてきた。

ならば、今度こそちゃんとお母さんにならなきゃいけない。この子を産んだ時はそう思っていた。けれど……また同じことを繰り返そうとしている。

私の人生は、こんなはずじゃなかった――。

『普通』の温かい家庭を築き、『普通』の奥さんになって、『普通』のお母さんをやりたかった。

ただそれだけなのに、どうして私はこんな人生を歩んでしまったのだろう。

どうして、娘を愛しいと思えないのだろう。

どうして、「お母さん」と呼ばせられないのだろう。

どうして、抱きしめてやることができないのだろう。

どうやって……抱きしめたらいいのだろう。

お母さんの資格を持っている人って、どんな人なのだろう。

どの育児書を読んだって、そんなことは書かれていない。

ぬぐいきれないジレンマを抱えた私は、この子につい言い放ってしまう口癖がある。

「あんたがいると不幸になる」

一番不幸なのは、私じゃなくてこの子かもしれないのに……。

読めもしない雑誌をめくる娘を見ながら、そんな風に思う。

そういえば、どっかの有名人がこんなことを言っていた。

『子どもは、親を選んで生まれてくるんですよ』

なぜ、そんなことを言うのだろう。親子の絆を深めることが目的だろうか。

そうやって、根拠のないことを堂々と発言する人が、私は苦手だ。

軽はずみに人を喜ばそうとし、結局は自分自身が幸福感を得る。ただの偽善者としか思えない。

でも、もしもそれが本当だとしたら……もしもこの子が私を選んで生まれてきたのだとしたら……私の罪悪感はふくらむばかり。

こんな考え方をする私は、病気なのだろうか。

いっそ、病名をつけてもらったらどんなに楽だろう。

病気なら、みんな私のことを許してくれるかもしれない。

「あぁ、病気なら仕方ないね」って。

「子どもを愛せなくても、病気ならしょうがないよね」って。

そんなゆがんだ理想を浮かべつつ、四十二歳となった今、私は再び罪を犯そうとしている。

＊

「さ、着いたで～」

ショッピングモールから車で十分ほどのところにある幼稚園は、お金持ちの家庭の子が通うだけあって、かなり立派な門がまえだ。

着替えたりする時間を入れても一時間ほどで終わるため、少女にはオムと一緒に待っているようもう一度言い聞かせたのだが、どうしても僕から離れないため、控え室まで連れていくことにした。

用意された控え室へ行くと、金持ち幼稚園のわりに控え室はせまい倉庫のような空間だった。湿ったモップのカビ臭さすら漂う。

ピエロの扱いなんて、いつもこんな感じだ。細かいことを気にするのはよそう。

「ねぇ、ピエロさん。ここはどこ？」

「ここ？　幼稚園だよ」

「ようちえんて、なぁに？」

「何て説明したらいいのかなぁ……小学校へ行く前の準備期間の学校？」

「小学校ってなぁに？」

「え？　学校も知らないの？　ってゆーか、君何歳？」

「……わからない」

「んーっと、お誕生日を何回迎えた？　誕生日はわかる？」

少女は黙ってうなずき、小さな指を一つ一つ折りながら数え始めた。

「たぶん六回」

ということは、来年は小学生……か？　小柄な見た目により幼稚園生ほどに見えたのだ。それにしても、親はいったいどんな育て方をしていたのだろう。幼稚園にも行かせず、年齢を聞かれても答えられないような六年間を、どう過ごしていたのだろう。

「とりあえず、僕はもう時間がないから、仕事が終わったらまたな」

そう言って頭をポンポンとしてやると、オムの黄色いジャンパーを借りたままの少女は、おとなしく椅子に座った。

そして、最後の仕上げをするために僕は鏡と向き合い、いつも以上に口元をニッコリと描き、控え室を出て園庭へ向かった。

バサー会場となっている園庭には、幼稚園と思えないほどの様々なブランド品が寄せ集められていた。

きっと、ここの月謝は、僕が住んでいるアパートの家賃より高いと思われる。

そんなどうでもいいことを考えていると、金持ち幼稚園の園長先生が僕のところへ来て、「本日は大変お世話になります」と丁寧《ていねい》な挨拶をしてくれた。

形式的な挨拶を交わしたのち、園長先生は白塗りの僕の顔をまじまじと見て、

「あなた、どこかでお会いしたことなかったかしら……」

と言った。金持ち幼稚園のわりに、園長先生の服装は地味だといえる。地味に見えて超高価なのかもしれないけど、その差が僕にはわからない。

ともあれ、僕がこんなセレブな幼稚園に縁などあるわけなく、「いえ、初めてお会いしたかと思います」と差しさわりのない回答をして、園庭の中央へと走った。

そして、ブランド品で囲まれた園庭中央でスタンバイすると、胸が躍るような軽快な音楽が流れ、僕のショータイムが始まった。

仕事に夢とか誇りなんてないけど、僕のパフォーマンスの右に出るやつはいないと思う。

本場のアメリカで学んだバルーンアートの技術だけは、誰にも負けない自信がある。

この『自信』が、今日までの僕を支えてくれたと言っても過言ではないだろう。

これだけは誰にも負けない――。そう思える何かがあれば、ほんの少しだけ人は強くなれるのかもしれない。

それに、ピエロでいられるこの瞬間は、唯一、僕が生きている実感を持てるひとときだ。

笑わなくたっていい、媚びを売らなくたっていい、人と比べられることもなければ、人に評価されることもない。

ほんの三十分間のショータイムで、僕は百個以上の風船をふくらませ、色とりどりの動物や人気キャラクターを作った。

風船でできた僕の作品たちは、このあと行われるジャンケン大会の景品として、子どもたちに配られるとか。

パフォーマンスを終え、控え室に戻る途中、再び園長先生が僕に話しかけてきた。

「ピエロさん、とても素晴らしかったわ。すごく楽しそうに風船をふくらますのね。子どもたちも楽しんでくれたみたいよ。本当にありがとう」

園長先生の瞳は、僕のことをまっすぐに見ている。化粧をしている目の奥まで届くほど、まっすぐだ。この言葉に嘘はないのだろう。

でも、人に褒められることは慣れていない。こういう時、どんな顔をしたらいいんだろう。

「仕事ですから」

またしても差しさわりのない答えをした僕は、そそくさと控え室の中へ入った。

すると、ここで待っているはずの少女の姿が見当たらない。

ピエロ姿で探すと、園児たちが寄ってきて目立ってしまう恐れがあるため、僕は速攻で化粧を落とし、そして私服に着替え、少女を探すことにした。

紺色のジャンパーにジーンズ姿となった僕を、ピエロだと思う人は一人もいない。

幼稚園の関係者であることを示す腕章《わんしょう》を右腕につけ、僕は園内を回り歩いた。

とはいえ、開放されている箇所は限られていて、ほとんどの教室に鍵がかかっている。


「ったく、どこ行ったんだよ……」


すると、中庭に面した渡り廊下の方から、「オムのオムライスカレーって、なぁに？」

という子どもの声が聞こえた。

声がする方を見てみると、オムに借りている黄色いジャンパーを着た少女が、廊下の
隅に立っている。きっと、控え室にいることが退屈になり、出てきてしまったのだろう。

黙っている少女に対し、この幼稚園の園児たちが次々と質問をしている様子だ。


「ねぇねぇ、お名前は？」

「どこの幼稚園いってるの？」

「冬なのに、なんで半ズボンなの？」

「オムってなに？」

質問攻めを受けた少女は、ずっと下を向いたまま黙り込んでいる。
そんな様子を見ている園児のうちの一人が、こんなことを言った。

「この子、幽霊みたーい」

その言葉で、周囲の子たちはドッと笑った。
さらに、園児たちの母親も寄ってきて、「あら、どこの子？」と言うと共に、それぞれ自分の子に「お友達じゃない子に話しかけちゃダメよ」と言い聞かせている。
少女は完全に委縮《いしゅく》してしまい、ジャンパーのフードをすっぽりかぶり、顔を隠した。
僕は、その様子を見て、自分の幼少期をふと思い出した。

『あの子に話しかけちゃダメよ』

教師と生徒という一線を越えた結末にできた『僕』というデキソコナイ。

デキソコナイの僕に、クラスメイトの保護者はそう言い放ったのだ。

そうか、僕こそ幽霊のような存在だったのかもしれない――。

目の前でちぢこまっている少女が、当時の自分のように見えてしまい、なんとも言えない感情が僕を襲った。

今にも爆発しそうな、この「なんとも言えない感情」を抑えていると、園長先生が来て、フードをすっぽりかぶった少女に「お母さんは？」と優しく聞いた。

「すみません。僕のツレです」

僕は、とっさにそう言った。

まじまじと僕の顔を見ている園長先生に、「あ、さっきパフォーマンスしたピエロです」と言うと、「このお嬢ちゃんは、小さな助手？」とニッコリ微笑《ほほえ》みながら聞いてきた。

「ええ、まぁ、そんなところです」

さっき拾った子です。なんて言ったら、ややこしいことになる。

すると園長先生は、さっきと同じように僕の瞳をまっすぐに見て、

「あなた、やっぱりどこかで会ったことがあるような……」

と言った。

化粧を落とした僕の顔を見てそんなことを言うということは、本当に僕を知っている人かもしれない。けれど、過去にいい思い出などないため、園長先生の記憶を呼び起こすことはしたくないと思った。

「数年前まで駅前でパフォーマンスしてたんで、その時に見かけたんじゃないっすか？今日は、お呼びいただきありがとうございました」

そう言って少女の手を引き、その場を去って立派な正門を出ると、オムが車の横でタバコを吸っていた。

「ユーレンちゃん、待っとったで～」

オムの姿を見た少女は、フードの中で微笑みながらそっと手を振った。

「オム、その呼び方やめろ」

ついさっき「幽霊みたい」と言われていた少女の悲しげな表情を思い出し、オムに少々きつい言い方をしてしまった。

しかし、オムは「へ？　なんでなんで？」と、あっけらかんとしている。

「なんでも」とオムに言い聞かせ、僕はタバコに火をつけた。

オムの軽自動車に寄りかかって一服しながら、少女に改めて写真のことを聞いた。

「なぁ、君。どうして僕の写真を持ってるの？」

オムの車の中を見渡している少女は、僕の方を一瞬見るものの、何も答えようとしない。

そもそも、この子は自分が捨てられたということをわかっているのだろうか。

すると、母親と手をつないで歩いている男の子が、オムの車を指さして「ママ、カレー食べたい！」と言った。

オムは、「へい、らっしゃい！」と言い、カレーを温めようとすると、男の子の母親は子どもの手をグイッと引っ張り、こんなことを言った。

「ダメよ、こんな車の中で作ってるカレーなんて、お腹こわしちゃうから」

それを聞いていた少女は、「オムのカレー、お腹こわすの？」と聞いた。

いつの間にか、少女がオムのことを『オム』と呼んでいることにも驚いたが、あからさまに商品を否定する母親の神経を僕は疑った。

オムは、少女に「そんなわけあらへんがな」と言ったのち、

「ちょいと待ちぃや、そこのオバはん！」

冷ややかな目をして通り過ぎる男の子の母親を呼び止めた。

しかし母親は、オムの声を無視して歩き進んでいる。

「ほっとけよ、かまうだけ時間の無駄だよ」

僕がそう言うと、車の中にいた少女が、プラスチック容器の中に入っている「から揚げ」を一つ取り出し、それを素手で握って男の子のもとへと走った。

「これ、すごくおいしいよ」

ショッピングモールの屋上でオムにもらった時、大きな口で頬張った少女の顔を思い出した。お腹をすかせていたのかもしれないが、あの時よほど美味しいと感じたのだろう。

少女の手から、から揚げを受け取った男の子は、「ありがとう」と言って口へ運ぼうとした。すると次の瞬間、母親がその手をパンッと軽く叩いたことにより、から揚げは男の子の口へ入ることなくアスファルトの上にコロンと転がったのだ。そして親子は、振り返ることなく帰っていった。

転がったから揚げを、しばらく見つめていた少女は、それを拾って口に入れようとした。

その手をオムが即座に止め、「あとでアツアツのやつ食わしたるから」と言い、少女の手から砂まみれのから揚げを優しく預かった。

生まれたときは、誰もが純粋で、誰もがまっさらな心である。何がきれいとか、何が汚いとか、そんな区別は持っていない。美味しいと感じたものを、他の誰かに食べさせてあげたい――。その想いは、波のない澄んだ湖のように、ありのままの人間の姿なのかもしれない。

「それよかシュージ、はよ、この子のおっかさん探さんと」

助手席に座った僕は、再び少女を膝の上に乗せ、オムの運転でショッピングモールへと向かった。

『風船飛ばし』の企画を担当した責任者を呼んでもらい、事情を説明して名簿の確認を頼んでみたものの、個人情報は絶対に見せられないという回答しか返ってこなかった。

仕方がないので、自分たちで確認することはあきらめ、責任者自身に「神奈川県民」の応募者がいないかを確認してもらうことにした。あからさまに面倒くさそうな顔をした責任者は、名簿を見ながらこう言った。

「こんな海しかないような田舎の企画に、わざわざ他県から応募してくるなんて考えられませんよ」

「そんなこと言わず、ちゃんと探してくださいよ。ホームページで公開応募したんでしょう？　他県からの応募だって、充分考えられますよ。それに……この子の親が見つからなかったら、あなただって警察に事情を聞かれるかもしれませんし」

僕は、少々脅迫《きょうはく》めいた言い方をした。

「せや、今ここでこの子の住所がわかれば、ワイたちで送り届けることもできるで。わからんかったら、警察へ連れていくしかないな。ほんだら間違いなく、あんさんを訪ねて警察が来る。あとで警察に名簿を見せるか、今あんさんの目で住所を確認するか、どっちを取るかや」

僕の脅迫に追い打ちをかけるかのように、オムの言葉は責任者の心に刺さった様子だ。彼は胸ポケットから老眼鏡を取り出し、自分の顔に名簿を近づけたり遠ざけたりしながら、真剣に「神奈川県民」の応募者を探し始めた。

そして、数枚にわたるすべての応募者リストを読み終えた彼はこう言った。

「残念ながら……やはり神奈川県民の応募者は見当たりません」

「そんなはずあらへん！」

オムは、身体を前のめりにして「もう一回ちゃんと見てや！　あんさん、目ぇ悪いんやろ？」と言い、眼鏡をかけている彼の顔に自分の顔を近づけた。

　すると彼は少女の方を見て、

「そもそも、この子の親は本当に神奈川県の人なんですか？　そんな遠くからわざわざ来るとは思えないんだけどな……」

　そう言いながら老眼鏡をはずし、胸ポケットにしまった。

　僕は、一万円札が包まれていたＡＴＭの明細書を彼に突きつけた。

「見てください！　これが証拠です。この子の母親は、神奈川県のコンビニから金を引き出したあと、ここの屋上でこの子に金を渡して姿を消したんです。ご覧の通り、残高はこれだけ……。これがどういうことかわかりますよね？」

「つまり、この子は……捨てられたってこと？」

「ええ、たぶん……」

「で？」

「は？」

「だから、私にどうしろって言うの？」

開いた口がふさがらないという言葉は、こういう時に使うのかもしれない。

企画責任者の言葉を聞いていたオムは、怒りを抑えつつ冷静な口調で彼にもう一度頼んだ。

「頼りになるのは、今あんさんが手にしてる応募者名簿だけなんや。そこに住所と名前があれば、ワイたちがこの子を家に届けることもできるって言ってるやろ？　あんさんは、もう一度それを確認してくれればええだけなんよ」

するとと企画責任者は胸ポケットから再び老眼鏡を取り出し、ため息をつきながら再度名簿に目を通し始めた。けれども、結果は同じ……。彼は「期待はずれな結果で申し訳ないね」と言い、その場を去って行った。

僕とオムは、すたすたと帰っていく彼の後ろ姿を見て、肩を落とさずにはいられなかった。

「どっちでもええやん、ともかく、これからどうする？」

「オム。それを言うなら、『ふり出しに戻る』だよ」

「ふりかけに戻る……ってやつやな」

実際問題、この子を探している人は一人もいない。置き去りにされたと考えるのが普通だろう。ましてや、こんな小さい子に一万円を渡し、しばらく暮らしなさいなんてことを告げている。いったい、どういうつもりなんだ……。

「ＡＴＭの明細書の他に、手掛かりになるのは三年前の僕の写真一枚……か」

「ほな、行ってみっか？」

「どこへ？」

「ＡＴＭがあるコンビニ周辺」

「は？　神奈川の？　ここから何時間かかると思ってんだよ」

「別に、何時間かかってもええやん。シュージ、このあとイベント入っとる？」

「いや、入ってないけど、そういう問題じゃなくて……」

「どういう問題なん？」

「……」

「こない優しい子、なんでほったらかしにしたんやろね。ほんまに捨てたんやろか」

オムは少女の頭をなでながら、切なそうにそう言った。

すると、頭をなでられている少女が、ボソッとこんなことをつぶやいた。

「不幸に……不幸になるんだって」

「え？」

僕とオムは同時に聞き返した。少女は僕たちの顔を見上げ、

「『あんたがいると不幸になる』って、まさみさんが言ってた」

微笑むわけでもなく、悲しむわけでもなく、少女は淡々とそう言った。
もしかすると、自分が捨てられたことを自覚しているのだろうか。
その言葉を聞いたオムは、少女を優しく抱き上げ、つぶらな瞳を見つめて語りかけた。

「……ワイと一緒や」
「！」
「ワイも、母国で同じこと言われたんや。『お前と一緒にいると、不幸がうつる』て。不幸は風邪やないんやから、うつるうつらんて話ちゃうっちゅーねん。な、ユーレンちゃん」

オムが自分のアゴヒゲを少女の頭にジョリジョリすると、少女は「くすぐったーい」とクスクス笑った。

明るい言葉のその向こう側には、きっと抜けるに抜けられない深い闇があるように感じる。

けど、不幸かどうかは誰が決めるんだろう。他人が決めることなのだろうか、それとも自分が決めることなのだろうか。何を基準に、不幸かどうか決まるのだろう。

その時だった。


「あら？」


どこかで聞いたことのある声が、僕らの背後で聞こえた。

振り返ると、さっきパフォーマンスした幼稚園の園長先生が、すれ違い様にこちらを見ている。

そして笑顔で僕らの方へ寄って来た。

「あなた、さっきのピエロさんよね？」

「あ、はい」

「さっきはどうもありがとう。こんなところで会うなんて奇遇ね。今度、ここのイベント会場で幼稚園主催の絵本コンクールがあってね、その打ち合わせに来たの」

金持ち幼稚園を仕切っているわりに地味な格好をしている園長先生は、聞いてもいないことをペラペラと話してきた。

「また機会があれば呼んでください」と社交辞令を言ってその場を去ろうとすると、園長先生はオムに抱き上げられている少女をじっと見たのち、近寄ってこんなことを言った。

「さっきはフードをかぶっていてわからなかったけど……あなた、リンゴちゃん？」

第二章　ありがとうの雨

「オム！　今すぐに家に帰りなさい！　おうちが……オムの家族が……」

それは、ワイが十五歳の時やった。

外国語に興味を持っとったワイは、外国語学校へ通いたかったものの、決して裕福な家庭ではなかったため、日本人が集うレストランで手伝いをさせてもろたりしてた。

手伝い言うても、得意のダンスパフォーマンスをして、ほんの少し小遣い稼ぎする程度やけど。ワイに日本語を教えてくれたんは、ボランティアでインドに来とる日本人大学生で、「ワテら標準語やないで」と言いながらも親切に言葉を教えてくれた。

そんなある夜、家族が寝静まってからこっそり家を抜け出し、いつも通りレストランで日本語を習うとると、家の近所のおばはんがごっつう勢いで店に入ってきて、すぐに家へ帰れと言ってきた。

「なんやねん、いったい何があったんや」

「よその言葉なんて覚えてる場合じゃないよ！　家が……オムの家が……」

「だから、なんやねん」

「燃えてるのよ！」


ワイは、訳がわからんまま店を出て、半信半疑で家まで走った。

頭ん中が真っ白なまま、走って走って走りまくった。

家の近くまで着くと、次第に人の数が増えてきて、辺りの空気もムワッと熱くなってきた。

ワイは、人だかりをかき分け、前へ、前へ、家族が待つ家の前へと進んだ。

パチパチパチと火花が散る音、メキメキメキと柱が燃える音、そして真っ黒い空の下で真っ赤に燃え上がる大きな大きな火のかたまり……。

「オム！　それ以上前へ行っちゃダメだ！」とワイの身体を抱えて引き止める人もおったけど、ワイはその両腕を振りほどき、前へ、前へ、とうとう最前列へ辿《たど》り着いた。

（これは……悪夢やろか）

愛する家族と日々暮らしているワイの家が……ゴーゴーと音を立てて燃え盛っている。

この光景は、まさに「ナラク」《ナラク》や。ナラクは、日本語でも同じ意味を持つ言葉やと、いつもの大学生たちが言っとった。

ワイの目の前に広がる赤と黒の光景は、ナラク《奈落》……まさに地獄や。

燃え尽きた真っ黒の空間から、ワイ以外の家族全員の遺体が見つかった。

大好きな家族とワイは、たったの十五年しか一緒に生きられへんかった。

なんでワイだけ生きとるんやろ……。

なんであの日、ワイだけ家におらんかったんやろ……。

なんで……なんでなんでなんで……。

料理上手な母やん、力持ちの父やん、何でもかんでも「どうにかなる」が口癖の優しい爺《じぃ》やん、世界一かわいい妹のアニラ……みんな、なんでおらんの？　みんな、なんで燃えてしもうたん？

火事の原因なんて、詳しゅうことはわからへん。ただ、キッチンがごっつう燃えとったことから、調理に使った火種が残っとったのかもしれへんて誰かが言っとった。

まだ六歳だった妹のアニラは、父やんのアゴヒゲを触るのが好きやったから、ワイもいつかヒゲを伸ばして父やんみたいにアニラの頭をジョリジョリするんが楽しみやった。外国語を覚えて給料の高い会社に勤めることができたら、母やんにアクセサリーを好きなだけ買うたることもワイの夢やった。男らしゅうて力持ちの父やんには高級な葉巻買うたって、優しい爺やんには新品のカメラ買うたるんがワイの夢やねん。

ワイの夢は、家族がおらんと叶わへんねん。

この先、何のために生きたらええんよ……。

ワイは……、生きる意味を失ってしもうた。

その後、周囲の家を転々とし、どうにか飯は食わしてもろたものの、その家で不都合なことがあるたび、

「オムといると、不幸がうつる」

と、何でもかんでもワイのせいにされた。家族が死んだんは、ワイに悪魔がとりつい
とるせいや言うて、どこの家も泊めてくれへんようになった。

悪魔にとりつかれとるとか言われたら、何も言い返すことできひん。目に見えんもん
を、「おる」も「おらん」も言い返せへん。

結局、前から世話になっとったレストランに住み込みで働かしてもらうこととなっ
た。そこは日本人がオーナーをしとるから、シャーマン的な考えは薄く、「オムといると、
不幸がうつる」なんてことも言わずに身を置かせてくれた。

店が開いている時間は、そこそこ気がまぎれたけど、閉店後、真っ暗な店に一人でお
ると、さほど広い店ではないのに、月のない地球みたいな、この世の果てみたいな、底
のない沼みたいな、測ることのできん広い空間に感じたりして、ワイも家族のとこへい
きたいって思うてしまう孤独な日々を過ごした。

（いっそ、本当に家族のところへいってしまおうか）

とげとげしい覚悟が胸に刺さり始めた頃、帰国することとなった日本人大学生の一人が、こんなこと言いよった。

「オム、どうせ一人なら日本に来たらええやん」

ワイは、ハッとした。このワイが……日本に？　そない思い切った考え、まったく思いつかんかった。

寂しゅうて寂しゅうて、ここ最近は家族のところへいくことばかり考えていた。

せやけど、どうせ天国へいく覚悟があるなら、死んだつもりで日本へ行ってもいいかも……。もしかしたら、新たな地で生活することによって、どうしようもない寂しさがまぎれるかもしれん。家族がおったこの国におる限り、ワイの孤独感は消えず、行きつく先は天国となってしまうかもしれんし……。

「せやな、ワイ……日本へ行こかな」

そう決意してから、ワイはモーレツに日本語を勉強した。日本へ帰国した大学生にも協力してもらい、日本での働き口を探してもらうなど、着々と日本行きの準備を進め、そしてとうとう小さな洋食屋が、ワイを働かせてもいいと言ってくれてるとの連絡をもろた。家族を失ってから二年後、手続きが面倒な就労ビザも取って、ワイはほんま日本で暮らすこととなった。

大阪は活気があって、住んどるみんな明るうて、孤独やった気持ちがまぎれる。インドで出会った日本人大学生たちのほとんどは社会人になっとって、なかなか会う時間もなかったものの、たまに洋食屋へ来ては「頑張りぃや」と声をかけてってくれたりした。

ランチタイムは弁当の配送なんかもして、ワイは失いかけとった「夢」をもう一度持とうと思い始めた。そんな矢先、勤めさせてくれていた洋食屋の店主が、突然いなくなってしもうた。

実のところ店は借金まみれで、いわゆる『夜逃げ』っちゅーやつをしたそうで。

ガラの悪い借金取りが毎日来ては店ん中荒らし、とてもじゃないけど住んでいられん状態になったワイは、公園とか川辺で寝泊まりするようになった。

先住民のホームレスたちに、生きる術を教えてもらいながら、言葉もぎょうさん覚えた。

居心地のいい棲《す》み処《か》やないけど、母国でたった一人孤独に暮らしとった時に比べれば、何百倍もましや。

そこで、仙人みたいな一人の爺やんに出会った。その爺やんは、ワイの大好きやった爺やんにちょいと似とって、一緒にいるとなんだかホッとする。

「なぁ、爺やん。この葉っぱ食える？」

腹の足《た》しに摘《つ》んだ草を、食用かどうか爺やんに聞くと、

「どうにかなる」

いつもそう答えた。

「腹こわしたら、どうすんねん」

ワイがそう言うと、それでも爺やんは、

「どうにかなる」

そればっか言いよった。ワイの本当の爺やんと同じ口癖を聞けることがうれしゅうて、ワイは無駄に質問したりした。

仙人みたいな爺やんは、他のホームレスと違うて車を持っとった。小さい車やけど、爺やんにとってはそれが家で、三百円とか五百円とか貯まったらガソリン入れて走らせ、ワイも時々乗せてもらった。

主にワイの収入は、ビニール袋片手に缶カラを集めて歩き、それを現金に換えて食料や日用品を買ったりしてたんやけど、その日はいつもよりちょっと多い報酬やったもんで、爺やんに得意のカレーをご馳走しようと思った。

（爺やん、喜んでくれるやろか）

くしゃっと笑う爺やんの顔を想像しながら安い八百屋へ向かっておると、爺やんがかわいがっていたノラ猫が道路に横たわっているのを見つけた。

爺やんが「猫はん」と呼んどったそのノラ猫は、車にひかれてしもうたようだ。近づいて息を確認したが、すでに手遅れの様子やった。爺やんが見たらショックを受けると思い、猫の足を持って道路脇へ寄せていると、前方から見慣れた小さな車が走ってくるのが見えた。

「爺やん……見たらあかん！　こっち来んな！」

大声でそう言ったものの、爺やんは車をゆっくりと走らせたまま近くまで来ると、車を停め、窓を開けて横たわった猫をじっと見ていた。

「ちゃうで、爺やん、ちゃうで。猫はん……寝とるだけや。ちょっと疲れたんかな、きっともうすぐ起きるで」

爺やんは、ワイの嘘を黙って聞いとった。

そして車の後部座席に置いてあるきれいな風呂敷を手にすると、車から降り、息絶えた猫をその風呂敷でそっと包んだ。

「ええの？　その風呂敷、大切にしとったやろ？」

すると爺やんは、風呂敷に包まれた猫を優しく抱き寄せ、

「大切なもんやから、大切なことに使うんや」

小さな声でそう言った。

爺やんは、猫を助手席に置き、「行くで」と言った。

どこへ行くかわからんけど、ワイは後ろの席に乗り込んだ。

もたもた走る爺やんの車は、広い川辺で停車した。そこは、爺やんが「日本で一番夕日がきれいなところ」と言うとったお気に入りの場所やった。

爺やんは、川から少し離れたところに穴を掘り、風呂敷ごと猫を埋めた。

そして、猫を埋めた土の上に『祈』という字を指で書き、両手を合わせて目をつむった。

「爺やん、それ何て読むん？」

目をつむったままの爺やんは、「『いのり』や」と答えた。

「いのり？」

「せや、遠く離れとっても、この世におらんとしても、幸せでいてくれいう気持ちを表した字ぃや」

ワイも爺やんの真似をして両手を合わせ、祈った。

すると、ぽつぽつと雨が降りだした。爺やんはゆっくりと空を見上げ、

「涙雨や」

と言った。


「なみだあめ？」

「猫はんが、空で泣いとるんや。きっと、まだ生きたかったんやろな」

それからしばらく、爺やんは姿を見せんかった。

そんなある日、数週間ぶりに爺やんがひょっこりとワイの段ボールの家に顔を出した。

「よ、オム。元気しとったか？」

「爺やん！　どこで何しとったんや」

「ちょっと風邪ひいてしもうて、寝込んどった」

「どこで？」

「まぁ、ええやん。困った時は、どうにかなるもんや」

久々に見た爺やんは、少し痩《や》せたように感じる。

「せや、爺やん。ワイ、うまいもん作ったる。たいした材料は買えへんけど、ちょっくら買い物に行ってくるから中入って待っとって」

猫はんのことがあって、食べさせてあげられへんかったカレーを、今度こそ作ったろと思い、ワイは空き缶に貯めておいた小銭をすべて取り出して八百屋へ走った。

まともな材料はそろえられへんけど、家族で食べた温かいカレーの味を爺やんにも食べさせたい――。

買えるだけ材料を買って帰ると、爺やんはワイの段ボールの家で寝とった。

「おぉ、帰ったか、おかえりオム」

「起こしてしもうた？　まだ寝とってええよ、時間かかるから」

しかし爺やんは身体を起こし、ワイがカレーを作るのをずっと見とった。

カレーを煮込んどる間、ワイはダンスを踊って見せた。インドで暮らしとる頃、レストランで踊って小遣い稼ぎしていたことも爺やんに話した。ほんだら爺やんは、

「オムにそんな才能があったとはな。食うことに困ったら、そのダンスでどうにかなるで。せや、踊るカレー屋になりぃや」

と言い、爺やんも楽しそうに踊り始めた。こんなに楽しい気持ちになったのは、いつぶりやろう。

ほんでもって出来上がったカレーを、タダでもろたパンの耳ですくいながら食べた。爺やんは、うまいうまいと言って二杯目をおかわりした。

「まだまだあるで。ぎょうさん食うて、爺やん」

ゆっくりと噛《か》みながら味わっている爺やんは、口の周りにカレーをつけながらワイにこんなことを言いよった。

「オム、家族を作りぃや」

十五歳の時、一夜にして家族を失ったワイは、人を愛することが怖くなってた。

また失ったらどうしよう、あんなつらい思いは二度としたくない。

だから、女性のことも一度も好きになったことはない。

「ワイ、大切な人を失うのが怖いんよ」

きっとワイは、もう一生、人を愛することができないのかもしれへん。

「どうしたらええんやろな、ワイ……家族できるんやろか。このまま一生、一人なんやろか」

するとと爺やんは、口の中のもんをゴクンと飲み込み、

「どうにかなる。どうにかしたいと思うたら、どうにかなるもんさ」

と言うと、「ごちそうさん、うまかったで」と笑顔で言って車でどこかへ帰っていった。

そして爺やんは、またしばらく姿を見せへんかった。

ある日の午後、日本に来て初めてってていうくらいの大雨が降った。

（爺やん、こんな雨の中どこにおるんやろ……）

そう思っていると、遠くの道路から爺やんの小さい車が近寄ってくるのが見えた。

しかし近づいてくると、運転しているんは見たことない人やった。ワイよりちょっと

年上くらいの兄やんが、車の窓を開けて話しかけてきた。

「あんさんがオムか?」

「……せやけど」

「ちょっと来てほしいとこがあんねんけど」

ハルオという名の兄やんの横に乗ると、「ほな行くで」と言って走り出した。

移動中も大雨は弱まることなく、爺やんの小さな車の屋根に叩きつけるように降り注いでいる。

しばらくすると、大きな屋敷の前に着いた。

「ここ……どこ?」

するとハルオは、「『爺やん』の家や」と言った。

「爺やんて……？」

「仙人みたいな爺やんのこと知っとるやろ？　俺、その爺やんの孫なんや」

ワイは、訳がわからんまま家の中へ入った。

玄関は、大人が大の字になっても余るくらい広いスペースで、ここがほんまに、あの爺やんの家なん？　と疑いつつ、案内されるままに奥の部屋へ進んだ。

その部屋には布団が敷いてあって、顔に白い布を載せた人が寝とった。

爺やんの孫だというハルオに、「あんなん顔に載せたら息できひんよ」と言うと、ハルオは「息してへんから大丈夫や」と言い、そして白い布をそっとどけてみせた。

白い布の下から出てきた顔は、見慣れたあの爺やんの顔だった。

「爺やん……こんなとこに住んどったんやね」

ワイは爺やんの横に座り、いつもみたいに話しかけた。しかし、爺やんは何も言わない。

「なぁ、爺やん。眠っとるんか？」

この前見た時よりも痩せとる爺やんの顔は、ピクリとも動かへん。

すると、ワイの横に座ったハルオが、ワイの肩に手ぇ当ててこう言った。

「死んどるんよ」

ワイは、ハルオが何を言うてるんかわからんかった。

恐る恐る爺やんの顔に触れてみると、あん時、道路でひかれとった猫はんと同じように、めっちゃ冷たくなっとった。

孫のハルオは、爺やんが長いあいだ入院しとったことを教えてくれた。そして毎日のように病院を抜け出してはいつもの小さな車に乗り、ホームレスの友達と遊んどったことも話してくれた。

「オムの話をする時が、爺やん一番楽しそうやったんよ」

ハルオの後ろから、他の家族がぞろぞろ入ってきてワイにそう言った。

するとハルオと家族は、こんな会話を始めた。

「せやね、カレーがめちゃくちゃうまかったって言うてたよね、食事禁止やのに」

「口から食べもん食べたら命ちぢまるでって、医者にキツゥ言われてたんにもかかわらず、カレー食べて病院帰ってきはった時はみんな驚いたなぁ」

「けど、ほんまうまかったって言うてたね。もう一回食いたいわぁって。オムのダンスもまた見たいわぁって言っとったね」

「ほんま、楽しかったぁって言うんが最期の言葉やったよね」

爺やんの家族が話している会話を聞いて、ワイは胸が締めつけられるのを感じた。

「ワイ……そんなん知らんで、ぎょうさんカレー食わしてもうた……ワイ……爺やんの命ちぢめてしもうた……」

窓の外では、雨がさらに激しく降っておる。

「涙雨や……。きっと爺やんがワイのこと恨《うら》んで、空から涙流しとるんや……命ちぢめるなんて知らんで、おかわりまでさせてしもうたことを、きっと恨んどるんや」

大好きな爺やんに、とんでもないことをしてしもうた自分を、後悔せずにはいられんかった。降り注ぐ雨と同じように、ワイの目からも涙が止まらへん。

冷たくなった爺やんの横で、「すまん……爺やん、すまん……」と謝っておると、孫のハルオが「泣かんとって」と言い、生きとった時の爺やんの気持ちを語り出した。

「一日でも長く生きることが幸せと思う人もいるかもしれんけど、爺やんは違った。たとえ命がちぢんだとしても、オムのカレーを食べることが幸せやったんや。ほんま、最後は眠るように逝《い》ったんよ。爺やんは、ほんま幸せやった。だから、俺らも悔いないんや。爺やん、お疲れさんでしたって送り出せたんは、オム、あんさんのお陰や」

すると、ハルオに続き、爺やんの奥はんが「それに……」と言った。


「それに……今日の雨は『涙雨』ちゃいます」

「え？」

「お天気雨は、『涙雨』ちゃうんよ」

「おてんきあめ？」

「そうや、ほら、向こうの空が晴れとるやろ？　空が晴れとるのに降ってくる雨を『お天気雨』言うんや。ほんでな、お天気雨は、感謝の雨なんよ」


爺やんの奥はんは、優しい笑顔でそう言った。


「感謝の……雨？」

「せや、爺やんはオムに『ありがとう』って言ってるんや。空から、ぎょうさんの『ありがとう』を降らせとるんや。ありがとう、オム、出会ってくれてありがとう。友達になってくれてありがとう。カレーを作ってくれてありがとう。ダンス見せてくれてありがとうって、私にはこの雨がそう言ってるように聞こえるんよ」

　遠い空の向こうを見ると、雲間から光が差しとるのが見える。なんや急に爺やんが遠くへ行ってしまった気がしてきた。

「爺やん……爺やんに会いたいよ、ワイ、また一人になってもうたよ……爺やん、なんでワイを一人にしたんや……寂しいよ、寂しいよ爺やん……」

　ワイは両手を合わせ、向こうの晴れた空に向け祈った。

　遠く離れとっても、この世におらんとしても、幸せでいてくれいう気持ちを込めて心から祈った。

　その時やった。向こうの空の方から、爺やんの声が聞こえた気がした。

『どうにかなる』

どうにかなるのは、どうにかせんとあかんて気持ちがあるから、どうにかなるんや。

そう言っていた爺やんの言葉を思い出した。

ワイ、このままじゃあかん、いつまでも段ボールの家に住んどったらあかん。自分の人生、ちゃんと生きんと……。

あっちの空におる爺やんにも、インドの爺やんにも、母やんにも、父やんにも、妹のアニラにも、みんなに胸張れる人生送らんと、みんなの分まで精一杯生きんと、せっかく生きとる意味がない。

人は、生きとるからこそ、やり直せるんや。そないな思いでワイはもう一度爺やんの冷たい手をそっと握り、玄関へ向かった。

すると、爺やんの孫のハルオも玄関へ来て、ワイに車の鍵を渡してきた。


「なんや、これ」

「オムにやるわ。爺やんの形見、受け取って」

「カタミ?」

「死んだ人の思い出の品や」

「でも、ワイ……家族でもないのに、もらえへんよ」

「爺やんの夢を叶えたって」

「夢？」

「爺やん、言うとったんよ。オムがカレー屋を開いて、そこへ食べに行くんが夢や……て。だから、ちっさい車やけど、この車をきっかけにカレー屋やってぇな」

　ワイは胸の奥が熱ぅなるんを感じた。

　そしてハルオから鍵を受け取り、こう言った。

「ただのカレー屋やない。踊るカレー屋や」

　ハルオは、紫色した和柄の風呂敷も渡してくれた。それは、猫はんを包んだ風呂敷と色違いの、爺やんのお気に入りやった。

　ワイは爺やんの車に乗り込んだ。そして風呂敷をターバンみたいに巻いて、エンジンをかけた。なんやろ、この感覚……爺やんが一緒にいるような気がする。ほんわかとした暖かいような、そんな空気に包まれ、ワイの目から涙が溢《あふ》れよった。

「あかん、あかん、泣いとったら前が見えへん」

涙をぬぐい、ワイはハンドルを握った。

再出発や――。

自分の夢、そして爺やんの夢を叶えるため、ワイは新たな未来に向かって車を走らせた。

*

「さっきはフードをかぶっていてわからなかったけど……あなた、リンゴちゃん？」

少女のことを「リンゴちゃん」と呼ぶ園長に、彼女が迷子状態で困っていることを話すと、相談に乗ってくれるとのこと。

僕たちは、一杯百五十円のコーヒーショップへ入った。

オムは、コーヒーにたっぷりの砂糖を注ぐと、

「ユーレンちゃんの本当の名前は、『リンゴ』言うんか？」

と、園長に聞いた。

「ユーレン……ちゃん？」

「あぁ、この子に名前を聞いたら、自分の名前は『幽霊』だって答えたもんで」

ミルクを二つ入れた僕がそう答えると、

「幽霊……か。なるほど、リンゴちゃんは自分のことをそう思っていたのね」

と、ブラックコーヒーをすすりながら園長は答えた。

ホットミルクをフーフーしている少女は、周囲の大人が自分のことを話しているなんて意識もなく、足をぶらんぶらんさせている。

僕は、本題に入った。


「ところで、園長先生はどうしてこの子のことを知ってるんですか?」

「リンゴちゃんとの出会いは、先月だったかしら。神奈川の公民館で、小さなお子さんを持つお母さんに向けた『母親教室』を開いたことがあってね、私はそこで講演させてもらったの。参加無料ということもあって、たくさんのお母さんたちが集まってくれたんだけど、その時、リンゴちゃんとお母さんも参加してくれていて……。けど…」

「けど?」

「なんだか、リンゴちゃんのお母さんの様子がおかしかったから、講演後に声をかけてみたの。確か、お名前は……『正美さん』って言ったかしら」

少女の話の中に度々出てきた『まさみさん』は、やはり母親で間違いないようだ。

園長は、正美と出会った時の話を続けた。

「でね、別室で正美さんのお話を伺《うかが》ったんだけど、子育てについてとても悩んでらして……。自分のことを『お母さん』と呼ばせることに抵抗を持っていたり、抱きしめ方で悩んでいたり、あと……」

「あと？」

「過去に取り返しのつかないことをしたとかで、そのことについて大きな後悔を抱いている様子だったの。その後悔があることによって、リンゴちゃんの子育てにも自信を持てないって……」

「じゃあ、その時からユーレン……じゃなくて、リンゴちゃんを捨てることを計画しとったんかなぁ。けど、抱きしめ方なんて、わざわざ考えるもんちゃう思うけど」

僕は少女の方を見た。しかし少女は話を聞いている様子はなく、ミルクに砂糖を入れたりして遊んでいる。

「さぁ……それはわからないわ。でも、今こうしてリンゴちゃんが一人でいるところを見ると、もっと自分にできることがあったんじゃないかしらって後悔してる。正美さんの気持ちを、もっとちゃんと理解してあげればよかった……って。そうすれば、今日だって会えたかもしれないのに……」

「今日、正美さんと会う約束をしてたんですか⁉」

「約束というほどのことではないんだけど、ピエロさんに来てもらった幼稚園の『バザー』に招待していたの。ついでに、このショッピングモールの屋上のチケットも送っておいたのよ。ちょっと遠いけど、気分転換になればと思って。けど、正美さん、今朝になっても連絡くれなくてね……幼稚園では見かけなかったけど、ここへは来たのかしら……」

僕とオムは顔を見合わせた。

「そのイベントって『風船飛ばし』ですよね？　僕たち、その会場でこの子を見つけたんです。首の後ろに風船結びつけて、屋上から飛び降りようとしてたんですよ」

「！」

「せや、カンイチのパンツや！」

「オム……」

「なんや、ワイ、また間違うとる？」

「おしいけど間違ってる。『間一髪《カンイッパツ》』な」


そのやりとりを見ていた園長は、「あなたたち仲がいいのね」と微笑んだ。

「せやけど、まさか園長先生がチケットを送っていたとは……せやから応募者リストに神奈川県民が載ってなかったんやね。けど、そのチケットって先着百名しか持ってないはずやろ？　園長先生も応募したん？」

園長は「あぁ、あのチケットは……」と言うと、上品なハンドバッグの中から『第五回　風船飛ばし【招待券】』と書かれた一枚のチケットを取り出した。

「私はね、この企画に関わっている役員だから、毎年『招待券』を何枚かもらえるの。そのうちの一枚を、正美さんに送ったのよ」

その招待券を再びバッグにしまった園長は、少女の方を見てこんな質問をした。

「リンゴちゃん、どうして屋上から飛び降りようとしたの？」

たっぷりの砂糖が入ったミルクをすすっている少女は、「お空を飛びたかったから」と答えた。その回答は、僕たちが少女と出会った時にも言っていた言葉だ。園長は、続けてこう聞いた。

「どうしてお空を飛びたかったの？」

すると少女はカップを置き、両手を広げてこう言った。

「お空を飛んだら、きっとアンパンマンになれるから」

つぶらな瞳をしている小さな女の子ながらに、その表情は勇ましく、何か「目的」のような「覚悟」のような、そのようなものを抱いているようにすら感じる。

園長は、さらにこんな質問もした。

「どうしてアンパンマンになりたいの？」

両手を広げていた少女は、再び残り少ないミルクをすすり、

「……なんとなく」

と答えた。

するとと少女は、アンパンマンの歌を口ずさみ始めた。

そうだ うれしいんだ
生きる よろこび
たとえ 胸の傷がいたんでも

なんのために 生まれて なにをして 生きるのか
こたえられない なんて そんなのは いやだ！
今を生きる ことで 熱い こころ 燃える
だから 君は いくんだ ほほえんで

そうだ うれしいんだ
生きる よろこび
たとえ 胸の傷がいたんでも
ああ アンパンマン やさしい 君は
いけ！ みんなの夢 まもるため

一番を歌いきったところで、少女は「ねぇ、ミルクおかわりしていい？」と聞いてきた。カップの中を見ると、ドロドロに溶けた砂糖のかたまりが底に溜まっている。

園長が「いいわよ」と言って席を立ち、レジカウンターの方へ向かうと、少女もそのあとに続いて席を立った。

アンパンマンの歌なんて、今までちゃんと聞いたことなかったが、意外に深い歌詞なんだなと思ったりした。

なんのために生まれて　なにをして生きるのか
こたえられないなんて　そんなのはいやだ！

僕は、なんのために生まれて、なにをして生きるのだろう。

そのことに答えられる日は、訪れるのだろうか。

少女は、どうしてアンパンマンになりたいなんて思ったのだろう。母親に必要とされない窮屈《きゅうくつ》な生活から逃げたくて、空を飛べるアンパンマンになりたいと思ったのだろうか。

もやもやとそんなことを考えていると、二杯目のホットミルクをテーブルの上に置いた園長は、リンゴに再び質問をした。

「ねぇ、リンゴちゃん。お母さ……正美さんは、どこへ行ったかわかる?」

二杯目のホットミルクを、ちびちびとティースプーンにすくいながら飲んでいる少女は、スプーンの中のわずかなミルクをズズッと吸ったのち、「たぶん……てんごく」と答えた。

僕たちは顔を見合わせ、「天国?」と少女に聞き返した。

「なぁ、リンゴちゃん。テンゴクってどこだかわかっとる? ワイでも『天国』は理解できとるで」

すると少女はオムの方を見て、「知ってるよ」と平然とした顔で言った。

「じゃあ、どこか言うてみ」

「うーん と……みんなが幸せになるところ」

「具体的には？」

今度は僕が質問した。

「えーっと……ぐたいてきって？」

「『もっとちゃんと』ってこと」

「もっとちゃんと言うと……わたしがいないところ」

園長は、少女の頭を優しくなでながらこう言った。

「それは間違ってるわ、リンゴちゃん」

「え？」

「みんなが幸せになるところは、リンゴちゃんのいないところじゃないわ」

「でも、まさみさんはいつも『あんたさえいなければ』って言ったあと、『あー、てんごくに行きたい、てんごくに行きたい』って言ってたから、きっとてんごくは、わたしのいないところなんだと思う」

思っていることを思ったままに伝えるその澄んだ瞳は、僕の濁った心に混じることなく浸透し、そして切なさは病魔のように、ここにいる僕らみんなに感染した。
もはや、誰もが言葉を失った瞬間、そんな空気を入れかえたのはオムの一言だった。

「せやったら、正美さんは『天国にいく』ってはっきり言うたわけやないんよね？」

オムの前向きな質問に対し、少女はコクンとうなずいた。
ほんの少し胸をなでおろしたものの、正美が死を覚悟している可能性がゼロになったわけではない。
僕は、少女が一万円を持っていたことを園長に伝え、そしてその一万円を包んでいた明細書を見せた。残高が数百円しかないことから、少女の言うように正美は天国へいくことを考えているのではないだろうかと園長に言ってみた。また、もう一つの手掛かりである「三年前の僕の写真」も見せてみた。

するると園長は、「あなたと正美さんは、知り合い？」と聞いてきた。

僕が「いいえ」と答えると、園長はリンゴに「どうしてこれを持っていたの？」と質問した。それはさっき僕も聞いた質問だが、少女はさっきと違う回答をしてきた。

「それね、まさみさんが泣きながら見てたの。でも、悲しそうな顔じゃなくて……よくわからないけど、写真の中のピエロさんが楽しそうで、なんか……なんかね、欲しくなっちゃったの」

結局、どういう経緯で正美が僕の写真を持っていたかなどは、少女からは聞き取れなかった。

正美が死を覚悟しているかどうかについて、園長は「そう考えていないことを願いましょう」と言い、左手につけている腕時計をチラッと見た。僕は複雑な感情を覚えた。

大人はみんな時間に追われている。もちろん、僕自身もそうだ。けれど、あからさまにそれを目の当たりにすると、大人という生き物が魔物に感じたりする。心のスイッチを自由自在にあやつれる魔物のような生き物に見えてしまう。

それは、僕が成長していない証拠なのだろうか。

カサブタにおおわれた僕の心は、子どものままなのだろうか。

答えの出ない答えを探りながら、冷めたコーヒーを飲み干し、「そろそろ行きましょうか」と僕の方から切り出した。

園長は、「そうね、そうしましょうか」と言ったのち、バッグから名刺を取り出し僕に渡してきた。

名刺には、『アントワネット幼稚園　園長　三橋鈴子』と書かれてある。


「困ったことがあったら、いつでも連絡ちょうだい。それから……」

「……」

「リンゴちゃんのことを、しばらく頼んでもいいかしら」

「え？」

「私の方で正美さんの心あたりを探してみるから、少しだけリンゴちゃんのことを預かってもらってもいい？　警察に届けたりすると、おおごとになってしまうから」

「それにしても、僕、子どもなんて育てたことないし、この子だって園長といた方がいいんじゃ……」

するとと、話を聞いていた少女は、またもや僕の足にしがみついてきた。

「心配なさそうね。それじゃあ、正美さんについて何かわかったら必ず連絡するから」

そう言うと、園長はカップが載ったトレーを返却口へ持っていき、リンゴの頭をなでて「またね」と言うと、カフェを出ていってしまった。

オムは、「なんや、リンゴちゃんはほんまに修二の申し子みたいやね」と言ってニヤニヤしている。

申し子と隠し子を間違えているオムだが、どちらも正解ではないため、あえてスルーしておいた。それはさておき、僕はオムのことがうらやましい。楽観的で、心から楽しそうに笑うオムのことを、嫌味ではなく僕はうらやましいと思う。

第三章　ほどけない結び目

「もしもし、あのぉ、千葉にあるアントワネット幼稚園の三橋と申しますが、そちらでピエロの出張を頼めるって聞いたんですけど……」

毎年恒例の『バザー』で、園児たちにバルーンアートのパフォーマンスを見せてあげようと、私はイベント会社に電話をかけ、あるパフォーマーを指名した。

そのパフォーマーの名は、折原修二。

私は、彼の父親のことをよく知っている。

三十二年前、修二の父親である折原啓太郎が教師をしていた際、私はその女学校で理事長を務めていたのだ。

啓太郎は、のちに問題を起こして女学校を去った。そして私も責任を取り理事長を辞任した。

そんな啓太郎と私との出会いは、さかのぼること啓太郎が五歳、私が二十八歳の頃だった。

私は当時、ボランティアで『母親教室』のお手伝いをしていた。そこで育児に悩む啓太郎の母親と出会い、度々相談に乗っていたのだ。

その際、五歳だった啓太郎は、私によく懐《なつ》いてくれていた。

子どもがなかなか授からなかった私は、懐いてくれる啓太郎のことがとても愛しくて、「あぁ、この子が本当に私の子ならいいのに」そんな風に感じることもあったほど、啓太郎はかわいらしい笑顔で私に微笑みかけてくれたりした。

しかし、啓太郎が懐けば懐くほど、育児に悩んでいる啓太郎の母に対してもどかしさを抱くようになった。

こんなにかわいい子を授かったのに、どうして「育てる自信がない」なんて言うのだろう……と。

私は結婚して六年も経つのに子どもが授からず、夫や夫の両親からいつも急かされるようなことを言われていた。それがストレスとなり、急性胃炎を繰り返すなどして、勤めていた小学校を辞めた。子どもの頃から教師になることが夢だったため、辞めることは本当に悔しかったが、生徒の保護者の相談に乗っていた経験を生かし、週に何度かボランティアで母親教室のお手伝いを始めたのだ。

そんなある日、とうとう夫から「病院へ行ってくれないか」と言われた。子どもができない原因はお前にあるのではないか？　と遠慮のない言葉を投げつけられた。

夫の実家は由緒ある老舗《しにせ》料亭を営んでいて、それを弟夫婦に取られないためにも、跡《あと》継《つ》ぎである自分の子が必要なのだと焦っている様子だった。

もし、子どものいる弟夫婦が料亭を継ぐこととなったら、私はどんなに責められることだろう。

焦りや悔しい気持ちなど、色々な感情が入り混じり、私は産婦人科で検査することを決意した。

すると、結果的に私は妊娠する確率の低い体質だということがわかった。

現代の医学ならば、もしかしたら何かしらの方法があるのかもしれない。けれど当時は、見えない希望の光に向かって治療を継続する気力も経済力も私にはなかった。

ただただ、頭の中が真っ白になった。

子どもが好きで教育の現場に入り、辞めたあともボランティアで母親教室のお手伝いをして、こんなにもたくさんの子どもに囲まれているというのに、どうして自分の子どもはたったの一人もできないのだろう……。何人も欲しいとは言わない。たった一人でいいのに……。

その夜、私は夫にありのままのことを話した。

医師に説明してもらった用紙も見せ、だからもう期待しないでほしい……と正直に気持ちを伝えた。

私の話を聞き終えた夫は、冷蔵庫からビールを取り出すと、コップに注いで喉《のど》の奥へ流し込んだのち、ボソッと本音をつぶやいた。

「なんで……なんでこんなハズレくじを引いちゃったんだろう」

私は耳を疑った。子どもを持てないかもしれない事実を知った私に、慰《なぐさ》めの言葉でもなく、いたわりの言葉でもなく、小さな紙切れ同様、価値のないハズレくじと同じ扱いをする言葉を放ったのだ。私は、体中の血液が蒸発するのではないかと思うほど、沸々《ふつふつ》とした『何か』が湧くのを感じた。夫に対する怒りなのか、自分に対する失望なのか、この『何か』はいったいなんなのだろう。

結婚してからの六年間が、頭の中を走馬灯《そうまとう》のように駆けめぐった。私は夫にとって何だったのか。私は、何のためにこの人と同じ屋根の下で暮らしてきたのだろうか。

実家の老舗料亭を自分のものにするための道具に過ぎなかったのだろうか。けれど、その道具にもならず、もはや簡単に捨てることのできない粗大ごみのような、今の私はそんな存在として彼の目に映っているのだろうか。

言葉にならない『何か』という感情の答えを求め、私は自問自答を繰り返した。

そして翌日、悶々《もんもん》とした感情を抱えたままボランティアの母親教室へ向かった私は、つい、啓太郎の母親に八つ当たりをしてしまった。


「私は……啓太郎君のお母さんがうらやましいです」

「え？　私のことが……？」

「えぇ、子どもが欲しくてもできない人もいるのに……悩めて幸せだと思います」

約半年ほど通い続けてくれ、ようやく信頼関係を築き始めた頃だったのに、私は取り返しのつかないことを口に出してしまったのだ。

「子どものいないあなたには、私の気持ちなんてわからない」

下を向いたまま、啓太郎の母親は私にそう言った。

もちろん、悪気があるわけではない。私が失礼なことを言ったせいで、そのようなことを言わせてしまっているのは頭ではわかっている。けれど私は、啓太郎の母親の言葉と昨日の夫の言葉を重ね合わせてしまい、とうとう絶対に言ってはいけない『凶器の言葉』を口に出してしまった。

「あなたがお母さんで、啓太郎君がかわいそう……」

唇を通って出てきた言葉は、二度と元の唇へ戻ることはない。

私は、その言葉を放ったことにより、たった一瞬で一生の後悔を背負うこととなったのだ。

数日後、啓太郎の母親が通っていたカウンセリングルームから一本の電話がかかってきた。日頃から精神面が不安定だった彼女は、民間のカウンセラーに相談していたという。

啓太郎の母親の相談を受けていたカウンセラーからの電話の内容は、彼女の死を知らせる報告だった。

私と会った日の夕方、彼女はお酒と睡眠薬を大量に摂取した後、浴槽の中で眠り、帰らぬ人となった……と。

そして、彼女の遺体を見つけたのは、まだ五歳の啓太郎だったとのこと……。

事件性はなく、洗面所に貼ってあるカレンダーの隅に、遺書らしき言葉が書き込まれていたことから、自殺と断定されたとカウンセラーは言う。

そのカレンダーには、こんな言葉が残されていた。

『生まれ変わるとしたら、人間にはなりたくない』

人間に生まれてしまったから、感情が揺さぶられる。

人間に生まれてしまったから、子育てや子作りに悩まされる。

人間に生まれてしまったから、言葉という凶器に傷つけられる。

その言葉という凶器で、私は彼女を傷つけてしまった。啓太郎にまで、取り返しのつかない大きな傷を負わせてしまった。

私は、自分を責めて責めて責めて、こんな人間だから私は母親になれないのだと、こんな人間だから夫にハズレくじ扱いされるのだと、すべての不幸を自分のせいにした。

彼女は真剣に育児と向き合っていた。悩んで、もがいて、それでも前を向こうと母親教室へ通っていた。それなのに……私は個人的な八つ当たりで彼女を傷つけてしまったのだ。

彼女の担当カウンセラーの話によると、前にも自殺未遂をしたことがあり、その時はたまたま訪れた管理人さんに見つけられ、最悪な事態は免れたという。母親教室の話や私の話も彼女から聞いていているとのことで、「啓太郎が懐いていることがうらやましい」とも話していたとカウンセラーは教えてくれた。

また、私が言い放ったひどい言葉は聞いていない……と。

精神状態がかなり不安定だった彼女が死を選んだのは、私のせいではないとそのカウンセラーは言ってくれたが、彼女の心に傷をつけたことは事実だ。しかも心を貫通するほどの深い傷……。

私は、最低最悪の人間だ。

たとえ直接手を下したわけではないとしても、あの日、凶器と化した言葉で啓太郎の母親を私は殺したのだ。

そのあとすぐ、カラッポだった結婚生活にピリオドを打った。夫も夫の家族も誰一人として離婚を反対する人はおらず、私はこの町を出ることを決意した。

これから先の人生は、償《つぐな》いの人生となることを覚悟し、私は孤独の道を選んだ。

（私のことを誰も知らない街へ行こう……）

何のゆかりもない土地で、私は新たな生活を始めた。

私立の女学校で教員として雇ってもらい、月日は刻々と流れたものの、いくら月日が流れようとも、あの日の後悔が薄れることはない。

私は罪を背負い続けたまま孤独に生き、一人で息絶えていく。それが、私が私に下す罰なのだ……と、日々自分に言い聞かせた。

その後、私は長年勤め続けた女学校で理事長を任されることとなった。

そして数年後、驚くべき再会が待ち受けていた。

なんと、この学校にあの啓太郎が訪れたのだ。かわいらしい笑顔で私に微笑みかけてくれたあの小さかった啓太郎が、教師としてこの学校に就任してきたのだ。

「こちら、国語を担当していただく折原啓太郎先生です。彼はとても努力家なんですよ」

啓太郎を連れてきたのは、校長の川島だった。最初は、まさかと思った。同姓同名？と半信半疑で啓太郎と向き合った。けれど目の前の「折原啓太郎」は、私の知っているあの折原啓太郎だったのだ。

「はじ……めまして、理事長の三橋鈴子です」

私は、声が震えないようにしゃべることが精一杯だった。

最後に会ったのは啓太郎がまだ五歳の時だったから、私があの時の母親教室にいた相談員だなんて気づくことはないと思う。

「はじめまして、折原啓太郎と言います。未熟者ですが、ご指導のほどよろしくお願いします」

二十五歳となった啓太郎は、当たり前だけれども「大人」になっていた。

このような偶然が起きるものなのかと、私は頬《ほお》をつねりたい思いだった。

校長の川島は、啓太郎との出会いについて朗らかに語り始めた。

二人の出会いは、啓太郎がまだ十代の頃だったという。

母一人子一人だった啓太郎は、母親が自殺したあと親戚の家を転々とし、次第に非行に走った……と。

暴走運転、暴力や窃盗などの罪を重ねてしまったことにより、少年院へ送られたと校長は淡々と語る。

そこを出た際、当時保護観察官をしていた校長が啓太郎の担当となり、それ以来実の息子のように啓太郎を見守っているとのこと。

その後啓太郎は、孤独にもがく人生から這《は》い出て、並々ならぬ努力をして教員免許を取得。バイク事故で右足が少し不自由とのことだが、歩行することは困難ではないらしい。

こんな身近なところに、あんなにもかわいかった男の子とつながっている人がいたなんて、私はまったく知らなかった。後ろめたくて、「あなたのことを知っているのよ」とは言い出せぬまま、それから七年、平穏な日々が続いた。

啓太郎と私は、「折原先生」「理事長」と呼び合い、互いに教育者として敬《うやま》い合う学校生活を維持していたものの、啓太郎が三十二歳を迎えた冬、ある事件が起きた。

啓太郎が担任を務めているクラスの女子生徒が、妊娠、そして出産をしたのだ。

しかも、学校内のトイレでたった一人で赤ん坊を産み落とし、そのまま校内に置き去りにした……。

防犯カメラに写っていた映像で、橘正美という生徒だとすぐに判明した。

不幸中の幸いで、赤ん坊の命に別状はなかった。

こうなる前に、誰かに相談することはできなかったのだろうか。

周囲の生徒に、学校での彼女の様子をそれとなく聞いてみたが、妊娠していることに気づいている生徒は一人もいなかった。元々休みがちな生徒だったため、体調不良が続いても誰も不思議に思わなかったのと、季節が冬ということもあり、大きめのセーターを着てお腹をごまかしていたことから、様々な「たまたま」が重なり、最悪な結果を招いてしまったのだ。

後日、体調が回復した橘正美に事情を聞くと、彼女は驚くべき実状を語り出した。赤ん坊の父親は、担任を務める啓太郎だというではないか。放課後、嫌がる彼女を無理矢理押さえつけ、結果、妊娠させた……と。

私は啓太郎に、彼女の言うことが真実かを確認した。すると啓太郎は、たった一言こう言った。

「身に覚えはありません。けど……」

その「けど」のあと、啓太郎は何も語らなかった。

何を信じていいかわからない。何が嘘で、何が本当かわからない。

そう考えていた矢先、赤ん坊を産んだ生徒の両親が、怒りを抑えきれない様子で乗り込んできたと、事務局から連絡が入った。私は、ご両親を理事長室へ招き、啓太郎と共に話を聞いた。すると、勢いよく乗り込んできたかと思いきや、怒りを抑えつつ冷静な口調で私と啓太郎にこう言った。

「娘の将来に傷をつけないためにも、学校を訴えることは避けたいと思っています。ただ、訴えない代わりに、娘が産んだ赤ん坊は折原先生が責任を持って一人で育ててください。戸籍の母親欄も、空欄で提出してください」

身に覚えはないと言っていた啓太郎は、ご両親になぜか反論しなかった。
しばらく沈黙が続き、ようやく口を開いた啓太郎は、下を向いたまま一言つぶやいた。

「わかりました」

取り返しのつかない承諾をしてしまったのではないかと、ご両親が帰ったのち再び啓太郎に真意を聞いた。

「折原先生、生徒の正美さんとは何もないんですよね？　身に覚えはないって、さっきおっしゃってましたよね？」

「……」

「赤ん坊を引き取って一人で育てるだなんて、それがどれだけ大変なことかわかって言ってるんですか？」

「……僕なりに、わかっているつもりです」

「ということは、折原先生はご自身の罪を認められるわけですね」

「罪……」


啓太郎を責めながら、私は自分の過去を思い返した。

私の罪……。あの日、あの瞬間、魔がさした私の罪。

人を責める資格など、私にはないのかもしれない。けれど、啓太郎には、あの時のかわいい啓太郎君には、罪滅ぼしの人生など送ってもらいたくない。真実を明らかにし、一人で苦労を背負わず、取るべき手段を取ってほしい。心の中でそう願っていた。しかし啓太郎は、赤ん坊を引き取る気持ちに変わりはないという。

私は、学校を仕切る責任者として理事長を辞任する決意をした。それと同時期、啓太郎も辞職し、誰にも何も言わず、赤ん坊と共にこの町から姿を消した。

そして私も、人生を再出発するごとく、築いてきた信頼の糸を辿り、銀行からお金を借りて千葉の最南端に私立幼稚園を設立した。

制服などのブランド力を意識したことにより、自然とお金持ちの家庭の子が通うようになった。

納めていただいている月謝の一部は、身寄りのない子どもたちに配布させてもらっている。そんなことをしたって、凶器と化した過去の私の言葉が消えるわけではないし、私が世界中の子どもたちの母親になれるわけでもない。けど、一人でも多くの子どもたちにささやかな幸せが行き渡ることを願い、この活動は続けている。

あれから二十五年の月日が流れた。

当時私が勤めていた女学校の校長の川島は、今も変わらず同じ学校に勤めている。あえて顔を出すことはせず、年賀状のやりとり程度の付き合いをしていたが、今から九年前、突然川島から幼稚園に電話がかかってきた。

「もしもし、川島先生？　大変ご無沙汰しています。お電話くださるなんてめずらしいですね。何かあったんですか？」

「こちらこそ、大変ご無沙汰しています。いや、あの、わざわざご連絡することではないかと思ったのですが……先生が理事長をしていらっしゃった頃、うちの学校で国語を担当していた折原啓太郎先生を覚えてますか？」

「ええ、もちろんです」

啓太郎の名前が浮上した瞬間、私の鼓動《こどう》は小刻みに打ち始めた。

「実は、折原先生が……亡くなったんです」

「……！」

「数年前、ある事件を起こしてしまい刑務所に入っていたのですが、ご病気によって医療刑務所の中でお亡くなりになりました」

啓太郎が……死んだ。四十八歳という若さで、死んでしまったのだ。しかも、不幸な事故がきっかけで刑務所の中で息を引き取った……と。

しめやかに行われるという葬儀に、私も元理事長として参列させてもらった。

その時だった。当時、啓太郎が引き取ると言った赤ん坊が、見事に成長した姿を見たのは……。十六歳となったその子の名は、『修二』とのこと。

賢そうで、優しそうで、けれどどこか陰のある青年だと思った。

彼が中学一年の時に啓太郎が刑務所へ入ったため、それからは施設で暮らしていると川島は言う。

啓太郎の葬儀では、「お父様には大変お世話になりました」と声をかけさせてもらった。修二は軽く会釈する程度で、彼との関わりはそれが最初で最後だった。

それから数年後、高校を卒業して施設を出た修二は、目的のない生活を送っているということを川島から聞いた。

私は、川島にある提案をした。彼を、アメリカ留学させたらどうだろう……と。

ボランティア団体の留学支援の手配は私がするから、川島の方から修二に留学を勧めてほしいと言った。熱心で優しい啓太郎が育てた修二ならば、日本から遠く離れた地で新たな刺激を受けることにより、彼の中に眠っている「何か」が目覚めるかもしれない。そんな期待が、ふとふくらんだ。

すると後日、修二が留学を承諾したとの連絡を川島からもらったのだ。

私はうれしかった。啓太郎が、どんな気持ちで生徒の赤ん坊を引き取ったのか、結局最後までわからなかったけど、「あなたが育てた赤ちゃんは立派に前進してるわよ」と啓太郎に伝えたい気持ちになった。

そして、あっという間に三年が経ち、帰国した修二はプロのパフォーマーの技術を身につけていた。

川島が送ってきてくれた写真の中の修二は、顔を真っ白に塗り、華やかなピエロの格好をしてパフォーマンスしていた。

生きていてくれればそれでいい――。

欲のない願望かもしれないけど、生きていてくれればそれでいい――。

その写真を見て、なぜだか自然と涙が溢れた。これが親心という感情だろうか。私は自分の子を持つことができなかったけど、きっと親という生き物はこのような涙をいくつも流し、子と共に成長していくのかもしれない。

その後、修二がイベント会社に登録したという情報を川島から聞いた。

私は、この目で修二のパフォーマンスを見たいと強く思った。

毎年行っている幼稚園のお祭『バザー』で、ぜひパフォーマンスを披露してもらいたいと考え、修二が登録しているイベント会社を川島に教えてもらった。

そんなある日のこと。ボランティアの『母親教室』をずっと続けてきた私だが、幼稚園の園長となった今では、全国都道府県から園児のお母さんに向けた講演の依頼が入っている。そして今月は神奈川の公民館から呼ばれており、その当日、私は二十五年前の真実が明らかになる瞬間を迎えることとなったのだ。

神奈川で行われた『母親教室』は、想像以上にたくさんのお母さん方が参加してくれた。子育てについて、それぞれが様々な悩みを抱えており、熱心に耳を傾けて聞いてくれているお母さんたちが多々見受けられた。

講演後、自ら声をかけてきてくれる人もいる。そのような人は、育児にとても意欲があり、どんなに悩んでいたとしても心配ない場合が多い。けれど、誰にも相談できず、一人で思い悩んでいるお母さんのことが私は心配だ。

学校の教室ほどの会場を見渡すと、隅の方に小さな女の子を連れた四十代ほどの女性が、壁に寄りかかっているのが目に留まった。

その姿は、生気がないと言っても過言ではない。まさに、あの時の啓太郎の母親と同じ匂いがする。私が凶器と化した言葉で傷つけてしまい、死に追いやってしまったあの人と……。

私は、壁に寄りかかっているあの女性の手を、絶対に手放しちゃいけない。そう感じた。

お母さんたちの質問にひと通り答え終えた私は、壁に寄りかかっているお母さんにそっと話しかけた。

「こんにちは。もしよかったら、別室で少しお話ししませんか？」

彼女は下を向いたままコクンとうなずいた。

小さい女の子も連れ、応接室へ行き、私たちはソファに向き合って座った。

「お名前を伺ってもいいかしら」

下を向いている彼女に、私は名前を聞いた。すると彼女は、小さな声で答えてくれた。

「……橘……正美です」

たちばな……まさみ……どこかで聞いたことがあるような……。

記憶を辿っていると、彼女はふと顔を上げ、

「理事長の……三橋先生ですよね？」

と言った。

橘正美――。そう、それは二十五年前、啓太郎が無理矢理妊娠させたと言ったあの時の生徒の名。

正美は、私のことを覚えていてくれたのだ。各家庭に無料で配布される地域新聞に、今日の講演のことが掲載されていたらしく、その記事に私の名前が載っているのを見て

足を運んでくれたという。

　おそらく、「園長の私」ではなく「理事長をしていた私」に話したいことがあるのだろう。

　正美は、当時の啓太郎の年をゆうに超え、四十二歳になっていた。

「ええ、そうよ。覚えていてくれたのね。私に……相談？　そのお嬢ちゃんのことかしら」

「……」

「かわいい娘さんね、お年は？」

「少し小さいんですけど……六歳です」

「お名前は何ていうの？」

「……リンゴです」

　娘の名を告げたあと、彼女は続けてこう言った。

「折原先生が好きだった言葉……」

「え？」

「先生が好きだった言葉の中に『リンゴ』が出てきたので、この子の名前をリンゴにしたんです。先生は……私の唯一の味方だったから」

「でも、あなたにとって折原先生は、思い出したくない嫌な過去なのでは？」

正美は、勢いよく首を横に振った。そして両手で顔をおおい、泣き出してしまったのだ。正美の娘のリンゴを見ると、手にしている人形で一人遊びしている。

私はソファから腰を上げ、正美の隣に座って背中をさすった。

心の中に封じ込めていた言葉を、ぽつりぽつりと正美は語り始めた。

「ごめんなさい……ごめんなさい……私……取り返しのつかない嘘をついてました」

「嘘？」

「あの時の赤ちゃんの本当の父親は……折原先生じゃないんです」

「！」

二十五年前の彼女は、赤ん坊を真夜中の学校に置き去りにしたことだけではなく、私たちには想像もつかないような、とてつもなく大きな嘘をついていたのだ。

彼女の話によると、本当の父親は他校の男子生徒だったという。相手に妊娠したことを話したところ、親の病院を継ぐために医大へ進学しないとならず、子どもはおろしてほしいと言い放ったのち、一切の連絡が途絶えた……と。お金もなく、誰にも相談できぬまま日に日にお腹は大きくなり、あれよあれよと彼女は十月十日を迎えてしまった。そしてある冬の夜、とうとう陣痛らしき痛みが襲ったため、家を抜け出し、誰もいない深夜の校内のトイレで力任せに赤ん坊を産み落としたとのこと。へその緒は、事前に図書館で切り方を調べておいたため、その通り実行し、そして産みたての赤ん坊をどうしていいかわからず、そのまま学校に置き去った……と、彼女は息をつぎながら語った。

「けど、どうして折原先生が父親だなんて嘘をついたの？」

私は、感じたままの質問を投げかけた。

「バカな話ですけど……赤ちゃんの本当の父親に迷惑をかけたくなかったんです。彼の名前を出したら、医者になる夢を叶えられなくなってしまうかも……そう思って、嘘をついたんです。けど、誰でもよかったわけじゃありません。折原先生は私の理想の父親だったんです。友達が少なかった私に、先生はいつも話しかけてくれました。優しくて、温かくて、こんなお父さんがいたら私は寂しい思いをしなかっただろうな……って。私の父は厳格で、世間体ばかり気にしていたので……。でも、本当に取り返しのつかない身勝手な嘘をついてしまって、ずっと謝りたかったんです。謝る資格すら私にはないと思うんですけど……先生は今、お元気なんでしょうか」

正美は、啓太郎が他界したことを知らない様子だった。ましてや刑務所で生涯を終えたことなど、当時の生徒たちは知るよしもない。

すでに思い詰めている彼女に、どこまで本当のことを話したらいいのだろう。

私は、余計なショックを与えないため、啓太郎が病気で亡くなったことだけを伝えた。

啓太郎が他界したことを知った彼女は、細面な顔を両手でおおい、声を殺すように泣いている。私は、彼女が泣きやむまで黙って見守った。

しばらくすると、彼女は私の顔を見上げ、聞きづらそうに「あの……」と言った。おそらく、あの時の赤ん坊がどうなったのかを聞きたいのだろう。

あの時の赤ん坊……修二は啓太郎が立派に育て上げ、今現在はパフォーマーとして活躍していることを私は伝えた。

「よかった……生きててくれてよかった……」

彼女が流した涙は、修二がアメリカから帰国した時の写真を見て、自然と流れた私の涙と同じだと思った。過去を後悔し、深く悔やんでいるからといって、自分の犯した罪が軽くなるわけではない。けれど……

過去は、どうもがいても変えることはできない――。

今変えなければならないのは、明日という現実――。

涙をぬぐった正美は、今の状況と心境を教えてくれた。

私が理事長を辞任したあと、校長の寛大な処置によって退学は免れ、無事に高校を卒業したのち短大へ進学したという。短大を卒業したあとは、親の勧める見合い相手と結婚したとのことだが、相手とうまくいかず離婚。辛抱が足りないといって親に見放され、夜の仕事を転々としながら孤独な日々を過ごしていたとのこと。

そんなある時、たった一夜を共にした名前も知らない男との間に子どもを授かり、それが今ここにいるリンゴだという。

正美は、大きく息をつくと再び語り始めた。

「私、繰り返したくなかったんです。今度こそちゃんとしたお母さんにならなきゃって、自分に言い聞かせてこの子を産んだのに……」

そう言うと、彼女は絶望の涙を流し、心の奥底に溜めていた本心を吐き出した。

「私なんか……母親でいる資格はないんです。呼ばせることができないんです。『お母さん』て呼ばせることができないんです。いつかこの子が私の過去を知ってしまった時、私は嫌われるのではないかと思うと、抱きしめることができないんです。こんな私が抱きしめちゃいけない、この子だけを愛しちゃいけないって、自分の中の何かがそう止めるんです」

過去に赤ん坊を捨てた『罪悪感』という名の鎖《くさり》が、彼女の心を、彼女の人生を、がんじがらめに縛りつけている。

私は、ふと、あることを思いついた。

今の修二の姿を、ひと目だけでも彼女に見せるべきではないだろうか。二十五年前、正美が置き去りにした赤ん坊は、立派に育っている。だから、あなたも前を向いて生きて……という思いで、修二の姿をひと目見せたいと思いついたのだ。

修二の立場からしたら、自分を捨てた母親なんかに会いたくないと思うかもしれない。そもそも、自分が捨てられたことすら知らないかもしれない。優しい啓太郎のことだから、修二には本当のことを言っていない可能性もある。だから、あくまでも正美が一方的に修二を見るだけという条件で、来月幼稚園で行われるバザーに招待した。同日、近くのショッピングモールで『風船飛ばし』のイベントも開催されるため、娘のリンゴと気分転換するよう、そのチケットも後日送る約束をした。そして正美の住所を教えてもらい、私たちは再会を約束したのだ。

修二がたくましく生きている様子を、ひと目でも見てくれたら、正美を縛りつけている後悔や罪悪感の鎖は、少しでもほどけるのではないだろうか。

そして、今度こそ我が子の手を放しちゃいけない。離してほしくない。取り返しのつかないことにならないよう、修二が懸命に生きている姿を見てほしい。

幼稚園に戻った私は、『風船飛ばし』のチケットと共に、川島からもらった三年前の修二の写真を正美に送った。


バザー当日。


「あなた、どこかでお会いしたことなかったかしら……」

修二と私が顔を合わせるのは、啓太郎の葬儀以来だった。参列した私のことを、修二は覚えているだろうか。期待とまではいかないが、そんな思いで声をかけてみた。

しかし修二は愛想笑いすることもなく、「いえ、初めてお会いしたかと思います」と差しさわりのない回答をして園庭へ走っていった。

アメリカで習得したというそのパフォーマンスは本当に素晴らしく、数十分のショータイムが一瞬に感じるほど私は魅了された。

今朝になっても正美からの連絡はなかったが、この姿を園庭のどこかで見てくれているだろうか。

園の隅々を見渡すものの、正美の姿は見当たらない。

ショータイムが終わり、私は改めて園内を回り、正美のことを探した。

すると、渡り廊下のところで、園の子どもたちがザワついているのが目に入った。

近づいてみると、黄色いジャンパーを着た女の子が、うちの園の制服を着た子たちに囲まれている。そこへ、ピエロの衣装から私服に着替えた修二が、その女の子のところへ駆け寄った。私も近くへ寄り、フードをすっぽりかぶった少女に「お母さんは？」と聞いた。


「すみません。僕のツレです」

修二は、凛《りん》とした姿勢でそう答えた。フードの中の女の子の顔を見ると、なんと、正美の娘のリンゴではないか。

私はとっさに「このお嬢ちゃんは、小さな助手？」とごまかしたが、頭の中では何が起きているのかさっぱりわからなかった。

なぜ、修二とリンゴが一緒にいるのだろう。なぜ、「僕のツレ」と言っているのだろう。二十五年前に正美が置き去りにした修二と、今現在育てているリンゴ——。どちらも正美が産んだこの二人を、亡き啓太郎が引き寄せたとでも言うのだろうか。

とりあえず私は、修二とリンゴを追跡しようと思い、園を出てすぐさまタクシーに乗り込んだ。

「あの軽自動車を追ってください。そう、そのカレー屋の車です」

そして、ショッピングモールへ入っていった彼らを追い続け、インフォメーションカウンターの近くで私は偶然を装った。

「あなた、さっきのピエロさんよね？」

「あ、はい」

「さっきはどうもありがとう。こんなところで会うなんて奇遇ね。今度、ここのイベント会場で幼稚園主催の絵本コンクールがあってね、その打ち合わせに来たの」


言い訳なんて、何でもよかった。

私たちはカフェに入り、修二からリンゴと遭遇《そうぐう》した時の詳細を聞いた。

『風船飛ばし』のイベントに、修二は参加していたとのこと。ショッピングモールと幼稚園はさほど遠くないため、同じ日に仕事がまとめて入ることは決して不思議ではないが、そこでまさかリンゴに会うとは……。そして、そのあとも共に行動しているとは……これをただの偶然と考えていいのだろうか。

私は、化粧をしていない修二の顔をまじまじと見た。

女学校で啓太郎と再会した時の年齢と同じ「二十五歳」の修二。

啓太郎と血はつながっていないはずなのに、修二の瞳は啓太郎に似ている。

もしかすると、二人は親子以上の絆で結ばれているのかもしれない。そんな風に思ったりした。

私は、正美が修二の母親であること以外、ありのままを話した。

それと同時に、優しい啓太郎と同じ瞳をしている修二にならら、一旦リンゴを任せても大丈夫だと私は思った。

小さな安堵《あんど》感を持つと共に、ふと腕時計を見ると、修二が「そろそろ行きましょうか」と言った。

「そうね、そうしましょうか」

私はバッグから名刺を取り出し、修二に渡した。

ほどけない結び目を、途切れないようにほどかなければならない。

姿を消してしまった正美の行方を探すべく、私はカフェをあとにした。

＊

「リンゴちゃんのことを、しばらく頼んでもいいかしら」

目尻をシワシワにして笑う園長は、僕にそう言ってカフェを出ていった。

こんな小さな子、どうやって面倒見たらいいんだろう。

途方に暮れながら『リンゴ』という名の少女を見ていると、彼女は僕を見上げ、「ねぇ、ピエロさん」と話しかけてきた。

「ん？」

「あのね、わたしにも風船おしえて」

「は？」

「わたしね、ピエロさんの『じょしゅ』になりたい」

「僕の……助手？」

それを聞いていたオムは、「ジョシュなんて言葉、よう知っとるね」と感心している。

「うん、テレビで見たことある。お医者さんとかコックさんとか、みんなじょしゅがいるんでしょ？」

幼稚園へ通っていない彼女は、おそらくテレビの情報で歌を覚えたり、言葉を覚えたりしているのかもしれない。

「園長先生も、リンのことを『小さな助手？』ってピエロさんに聞いてたでしょう？　リン、本当にピエロさんのじょしゅになりたい」

リン——。少女は自分のことをそう呼んだ。きっと、母親にそう呼ばれていたのだろう。僕らに気を許し始めたことで、「わたし」から「リン」に自然と変わったのだ。

「風船ふくらますのは、簡単そうに見えて難しいんだよ」

厳しい口調で僕が言うと、「うん」とリンゴは言った。

「せやけど、風船ふくらまして、また空飛ぼうとしたらあかんで」

「どうして？」

「一個や二個の風船をつけたからって、リンゴちゃんを飛ばす力は風船には無いんよ」

「じゃあ、何個ならリンは飛べるの？」

「空を飛んだってアンパンマンにはなれないよ」と僕は言いかけたが、その言葉は飲み込んだ。

結局、リンゴは僕の家に泊まることとなり、おまけにオムも一緒についてきた。何やら、リンゴを見ていると自分の妹を思い出すとか。不運によって亡くなってしまったオムの妹は、リンゴと同じ六歳だったという。

一組しかない僕の布団は、オムとリンゴに占領されてしまったため、真冬にもかかわらず、僕は畳の上で寝ることとなった。

翌朝、オムが作ってくれたオムライスを三人で食べ、オムと僕は各々の仕事へ向かった。

オムは今日、どこかの会社の歓迎会に「ケータリング」を頼まれているとかで、業務用の食材を仕入れに向かった。ケータリングとは、パーティやイベントなどに出張し、客の要望に応じて料理を提供するサービスのことだ。オムの料理はカレーだけでなく、本格インド料理も楽しめるとのことで、イベント会社にオムを指名してくる依頼は少なくない。

ともあれ、それぞれの仕事が終わったら、リンゴの母親の捜索状況を聞きに園長のところへ行こうということになった。

そして僕とリンゴは、県内にある総合病院へ向かった。そこの小児病棟で開かれる『お誕生会』でバルーンアートのパフォーマンスを頼まれているのだ。

僕の移動手段は、主にバス。衣装や小道具を大きなリュックに詰め込み、依頼された会場へ向かう。リンゴはバスに乗ることが初めてだったらしく、まるで遠足のようにはしゃいでいる。もちろん、本当の遠足に参加したことなどないだろうけど。

リンゴは母親に捨てられたかもしれないというのに、相変わらず不安そうな表情を見せることはない。逆に、解放されたように見えると言ってもおかしくない。

病院に着くと、薬品の匂いがふわっと鼻に入ってきた。

僕は、この匂いが嫌いだ。父親が入院していた医療刑務所を思い出す。たった一度しか面会に行かなかった後悔とか、自分の未熟さとか、そういう負の感情をこの匂いが思い出させる。

受付で小児病棟の場所を聞き、僕とリンゴはエレベーターに乗り込んだ。すると、どこかで見かけたことのある親子が、僕らの後ろから乗り込んできた。

リンゴと同じ年くらいの男の子は、パジャマ姿で母親に手を引かれていることから、これから行く小児病棟に入院している子なのかもしれない。するとその男の子が母親にこんなことを言った。

「ねぇ、お母さん。昨日幼稚園で見たピエロさんが、これから来るって本当？」

その瞬間、僕はその親子のことを思い出した。と同時に、リンゴが「あ」と言った。

振り返ったその男の子も、リンゴを見て「あ」と言った。

その子は、昨日リンゴが素手でから揚げを差し出したあの男の子だったのだ。そして横にいる母親は、そのから揚げをアスファルトに落とした冷酷なあいつだった。


「君、どこか悪いの？」

男の子がリンゴにそう質問すると、リンゴは首をかしげながら答えた。


「どこか悪いって、どういうこと？」

「どこかカラダが悪いの？　ってこと。だって、どこか悪くないと病院にいないでしょう？」

「びょういんて、ここのこと？　どこか悪い人がくるところなの？」

「そんなことも知らないの？」

「知らない。だって、はじめて来たんだもん」

「へぇ……いいなぁ、僕は生まれた時からほとんど病院で暮らしてるんだ」

男の子がそう言ったところで、小児病棟のある七階にエレベーターが到着した。

エレベーターを降りると、男の子の手をつないでいる母親がリンゴの背丈までしゃがみ、「昨日はごめんなさいね」と言った。

母親の話によると、男の子はずっと病院で生活しているものの、近くの幼稚園で行事などある時は、外出届を提出して出かけているという。

月に数回だが、少しでも同じ年頃の「普通」の子たちと「普通」のひとときを過ごしてもらいたいそうな。

しかし、そのような時でもみんなと同じものは食べられないため、余計にかわいそうな思いをさせているのかもしれない……と少し悲しそうに母親は語った。

リンゴが差し出したから揚げや、車内で作っているオムのカレーは、食べさせたくないのではなく、食べさせてあげられない事情があったのだ。

男の子は、「けど……」と言ったのち、

「得することもあるんだよ」

と笑顔で語った。リンゴが「どんなこと？」と聞くと、男の子はこう答えた。

「ピエロさんを近くで見られること」

リンゴは、僕のことを見上げた。僕は首を横に振り、シーッと口に指を当てた。

男の子は、続けてこう語った。

「昨日行った幼稚園のみんなは、広いお庭で遠くからしかピエロさんを見られなかったでしょう？　でも今日、小児科のお誕生会にピエロさんが来てくれるんだって！　しかも、お誕生会は小さな図書室でやるから、昨日よりずっと近くで見ることができるんだ！」

男の子の話を聞いていて、昔、父に連れていってもらった遊園地のことを思い出した。そこで初めてピエロと出会った時、僕も同じ気持ちだったかもしれない。

僕一人のために近くまで寄ってきてくれた瞬間、優越感のような特別な感情が湧き、とてもうれしかったのを覚えている。

この男の子は、ピエロの正体がこんな僕だと知ったら、ガッカリしてしまうだろうか。

「ほら、そろそろお誕生会が始まるわよ。今日は比呂《ひろ》君が主役なんだから、遅れないように図書室へ行きましょう」

母親に優しく手を引かれ、男の子は誕生会へ向かった。

もちろん、僕がピエロだということは言わず、男の子に手を振り僕らも控え室へ向かった。

昨日の幼稚園の時のように、控え室で待っているようリンゴに伝えると、どうしても嫌だと言う。子どもたちと一緒に、僕のパフォーマンスを見たいとのこと。

メイクを終えた僕は、小児科病棟の看護師長に、リンゴを誕生会に参加させてもらえるよう頼んだ。すると看護師長は「子どもたちもたくさんいた方が楽しいと思うから」と快い返事をくれ、僕とリンゴは共に図書室の奥で待機した。

色とりどりの折り紙やメッセージが飾られた図書室に、入院している子どもたちが次々と入ってくるのを見て、リンゴは「みんなどこか悪いの?」と僕に聞いてきた。

僕は、一人一人に手渡す用の風船をふくらましながら「たぶんね」と答え、リンゴのために用意してもらった椅子へ早く座るよう言った。

誕生会に参加する子どもたちは、それぞれが工夫してオシャレしている。

リンゴと同じ年くらいの車椅子の女の子は、花柄のバンダナを頭に巻き、パジャマの胸にはウサギのブローチをつけている。

松葉杖をついている小学生の男の子は、頬に雪だるまのペイントシールを貼っていたり、リンゴより小さな女の子は髪にピンクのリボンをつけ、手首にもおそろいのリボンを巻いて華やかな雰囲気を醸《かも》し出している。

そして、パフォーマンスが始まる音楽が流れ、ピエロの僕は両手いっぱいに風船を持って子どもたちの前に登場した。

「ピエロさんだ!」「本物のピエロさんがいる!」と、はしゃぐ子どもたちの後ろで、口をポカンとあけて僕を見るリンゴの姿が目に入った。

（あいつ、何ボーッとしてんだ？）

ふくらましておいた風船を、一つ一つ子どもたちに手渡したのち、音楽に合わせて身体を動かしながら様々な形のバルーンを作った。

キラキラとした瞳で、まっすぐに僕を見る子どもたちの顔が、なんだか目に焼きついてしまう。

なぜだろう、いつものように「ただの観客」として見ることができない。

彼らの喜んだ顔をもっと見たい――。

もっとこの子たちを喜ばせたい――。

頭でそう考えるのではなく、心の奥底からそんな気持ちがこみ上げてきた。

どうして、今日に限って子どもたちの瞳がキラキラしているのだろう。

いや、違う。子どもたちの瞳は、きっといつもキラキラしていたのかもしれない。

今日に限って輝いているのではなく、僕自身が子どもたちの顔を見ながらパフォーマンスするのが初めてなんだ。

そんなことに初めて気づいた。

その瞬間、知らぬ間に真横まで来ていたリンゴが、ふと、こんなことを言った。

「あ、ピエロさんが笑った」

リンゴの言葉が耳に入り、僕は気づいた。

笑っている——。

僕は今、メイクでごまかした笑顔ではなく、確かに笑っている。

仕事を楽しいと思える自分がいたなんて……

こんなにも熱中してしまう自分がいたなんて……

これだけの技術があれば食っていける、そんな風に「仕事は食っていくための手段」に過ぎないと思っていた僕が……今、この瞬間を楽しいと感じている。

子どもたちのキラキラした瞳に、僕自身、輝かされている。

パフォーマンスが終わったあとも、子どもたちの心の中で輝きたい——。

そんな風に感じながらのパフォーマンスは、あっという間に終わりの時間を迎え、僕は退場の音楽に合わせて図書室を出た。そして振り返り、図書室の方を見ながらその余《よ》韻《いん》に浸っていると、看護師長が図書室から出てきて僕の方へかけ寄ってきた。

「あのー、ピエロさん。よかったら、子どもたちと一緒にケーキ食べませんか？」

「え？」

「子どもたち、お陰様でとっても元気をもらえたみたいなので、もしご迷惑じゃなかったらあと少しだけお付き合いいただけないでしょうか。本当に、五分だけでもかまいませんので」

そこまで言われたら、「嫌です」とも言えず、「じゃあ五分だけなら……」と言って僕は再び図書室へ戻ることにした。

図書室に入ると、円卓を囲んでいる子どもたちにケーキが切り配られている。

「ピエロさん、こっちこっち！」

その円卓には、ちゃっかりとリンゴも座っていた。

僕は、手振り身振りで子どもたちに対応しながら、リンゴの隣へ座ることにした。

その時だった。

「僕も食べたい！」

さっきエレベーターで会った男の子が、大きな声でそう叫んだ。

「比呂君、どうしてそんなワガママ言うの？　比呂君の分はこっちにあるでしょう？」

母親は男の子をなだめながら、クリームの乗っていないケーキを彼の前に差し出した。

「こんなのケーキじゃない！　主役は僕なのに、なんでケーキが食べられないんだよ！　死んでもいいから食べたい！　食べたい！　食べたい！　食べたい！」

より一層大きな声を出し、泣き始めてしまった。

その様子を見ていた看護師長は、「ごめんね、比呂君もクリームののったケーキが食べたいよね。いつも我慢してくれていることに甘えてごめんね」と言うと、みんなの方を見て「今日のお誕生会は、これで終わりにしましょう」と言った。

周囲の子どもたちは、残念そうな顔をしながらもみんな席を立ち、ケーキは各自病室で食べることとなった。

みんなが円卓から離れ、図書室の出口へ向かっていると、男の子の母親は「ごめんね……」と言ったのち、その場で泣き崩れるように自分を責めた。

「私のせいなの……私がちゃんと産んであげられなかったから、だから比呂は健康じゃないの……もっと普通に産んであげていたら、ケーキだって、屋台のカレーだって、から揚げだって、好きなものをたくさん食べさせてあげることもできたのに……全部私のせいなの……ごめんね比呂……ごめんね……」

看護師長は、母親の背中をさすり、「そんな風に自分を責めないでください。比呂君の体質は、お母さんのせいじゃないんですから」となだめたが、母親は泣きやまず、今まで溜めていた想いを吐き出すように泣き続けている。

昨日、幼稚園の前で見かけた時には、オムの屋台カレーの悪口を言ったり、から揚げを地面に落としたりして、嫌なババァだと思ったけど、こんなにも思い悩んでいたなんて、想像もつかなかった。

すると、その様子を見ていたリンゴが、自分の手元に置かれていたケーキを比呂という名の男の子のところへ持っていき、

「死んでもいいいなら、食べちゃいなよ」

と言って差し出した。

クリームののったケーキを受け取った男の子は、手の中のケーキをじっと見つめている。

「おい、リンゴ……」

僕は、思わずピエロ姿のまましゃべってしまった。

緊迫した空気の中で、比呂という男の子はボソッとつぶやいた。

「ぼく……やっぱり食べない」

手にしていたケーキをリンゴに返すと、リンゴは「なんで？」と聞いた。

「だって、ママが悲しむから。もしぼくが死んじゃったら、ママは今よりもっと泣いちゃうから」

リンゴは複雑な表情で男の子を見つめている。

もしかすると、彼の言っている意味が理解できないのではないだろうか。

『あんたさえいなければ』と言われ続けてきたリンゴに、母親を思いやる気持ちを共感することはできるのだろうか。

その答えはリンゴ自身にも出せないかもしれない。そんなことを考えていると、

「ねぇ、ピエロさん。アンパンマン作って」

リンゴが明るい表情で僕にそう言ってきた。

「風船で、アンパンマン作ってよ」

何を考えているのかわからないが、僕は言われるがまま風船をふくらませ、アンパンマンを作った。リンゴは出来上がった風船のアンパンマンを男の子に手渡すと、「アンパンマンのお歌好き？」と聞いている。風船を受け取った男の子は、笑顔で答えた。

「うん、好き！　ぼくは二番が好きなんだ！」

「リンも二番が好き！」

病室へ戻ろうとしていた子どもたちは、再び円卓を囲み、みんなでアンパンマンの歌を歌い始めた。

なにが君のしあわせ　なにをして　よろこぶ
わからないまま　おわる　そんなのはいやだ！
忘れないで　夢を　こぼさないで　涙
だから　君は　とぶんだ　どこまでも

そうだ　おそれないで　みんなのために
愛と　勇気だけが　ともだちさ
ああ　アンパンマン　やさしい　君は
いけ！　みんなの夢　まもるため

屈託のない笑顔で歌う子どもたちの姿を見て、さっきまで泣いていた男の子の母親は、再び涙を流した。けれど、それは自分を責める涙ではない。
なにが僕の幸せで、なにが僕のよろこびなのだろう。

なにが僕の夢で、どこへ向かって飛べばいいのだろう。

懸命に今を生きる子どもたちの歌声は、僕の心の奥底まで響き渡った。

比呂という男の子は、母親の手を握り、

「ぼくが守ってあげるからね」


と言った。

食べたいものが食べられなくても、大好きなケーキを我慢しても、母親の涙をぬぐおうとする小さなアンパンマンのことを、僕はうらやましいと思った。

嫉妬ではなく、素直にうらやましいと思った。

ピエロの姿からただの二十五歳の姿となった僕は、大きなリュックを背負ってリンゴと再びエレベーターに乗った。

一階のボタンをリンゴが押すと、こんなことを言った。


「ピエロさんに会えてよかった」

「え？」

「まさみさんが、園長先生から送られてきたチケットをやぶっちゃったとき、ピエロさんに会えないかと思った」

「やぶっちゃった？」

「そう、やぶって捨てちゃったの。だから、リンがゴミ箱から拾ってセロハンテープで直したんだよ」

「ふーん。正美さんは、なんでチケットをやぶっちゃったんだろう」

「しらない。ピエロさんの写真はやぶってなかったよ」

「そういえば、どうしてリンゴは僕の写真を持ってるの？」

「……誰にも言わない？」

「言わねぇよ。言う人もいないし」

「まさみさんの引き出しから、こっそり取っちゃったの」

「正美さんの引き出し？」

「うん。園長先生がチケットと一緒に送ってきてくれて、まさみさんはチケットはやぶっちゃったけど、ピエロさんの写真はやぶらないで引き出しに入れてたの」

「園長先生が……僕の写真を？」

「そうだよ。園長先生に初めて会った時、まさみさんに『しゅうじ君を見においで』って言ってた。そのついでに、『風船飛ばし』のイベントにも寄っていらっしゃいって、チケット送ってくれたの。でもリンは、どこに行ったらピエロさんがいるのかわからなくて……」

「それで、正美さんがやぶいたチケットを直したの？」

リンゴはコクンとうなずいた。実際、園長が正美を招いたのは幼稚園のバザーだと言っていた。『風船飛ばし』は、たまたま園長が関係者のチケットを持っていたから送った……というようなことだったと思うが、もしリンゴがチケットを修復していなかったら、正美はイベントに訪れなかったのだろうか。だとすると、リンゴはどこか他のところに捨てられていたのだろうか。もしそうだったとしたら、リンゴが訳もわからずつなぎ合わせたチケットのように、僕たちの縁も自然とつなぎ合わされたのかも……。

「ってゆーか、リンゴ。園長先生は、なんで会う前から僕の名前を知ってたの？」

「そんなのしらない」

「は？」

「ピエロさん、『は？』ってゆーの良くないよ」

「は？」


園長は、以前から僕のことを知っていたのだろうか。だとしたら、いつから？　何をきっかけに？　そして、なぜ僕の写真を？　しかも、それをなぜリンゴの母親に？

頭の中が、謎だらけだ。

ともかく、このあとオムと待ち合わせしている幼稚園で、謎のすべてを園長に聞いてみることにしよう。

病院から出ようとしたその時、僕の携帯電話が鳴った。着信画面を見ると、「三橋鈴子」と表示されている。


「はい、もしもし。園長先生？」

「修二君！　大変なの、正美さんが……正美さんが……」

「落ち着いてください。どうしたんですか？」

「正美さんが……正美さんが大変なことになってしまったの！」

＊

昨日、ショッピングモールの屋上にリンゴを置き去りにしたのち、私は駅のホームに立って電車が来るのを待った。

けれど、飛び込むことができなかった……。

案外、生きることに執着していた自分と向き合い、そして今日この学校へ訪れた。

二十五年前、たった一人で赤ん坊を産み落としたこの学校へ……。

罪悪感にトドメを刺すかのごとく、過去も未来もすべて消去するため、その原点へ足を運んだのだ。

休日とはいえ、母校は残酷なほどあの時のままで、今ここに立っている四十二歳の私そのものが、十七歳だった頃の私に感じたりする。

そしてゆっくりと目をつむると、赤ん坊を手放した時にタイムスリップしたように、あの瞬間が脳裏によみがえった。

罪悪感をよみがえらせることで、ちゃんと死ねるかもしれない——。

親が勧めた結婚相手との離婚が成立したあと、言いなりにならない私のことを両親は見放した。だから私は、日雇いの仕事でその日暮らしすることがしばらく続いた。

真夏のデパートの屋上で、着ぐるみを着たこともあった。着ぐるみの中の温度は、四十度近いと言える。

そんな汗水流して生きている頃、たったの一度だけ修二を見かけたことがあった。

忘れもしない、いつにも増して暑い八月の午後。

今はもう取り壊されてしまった小さな遊園地で、私はきらびやかなピエロの衣装に身を包んでいた。

子どもたちに、色とりどりの風船を配っていると、

「あ！　本物のピエロさんだ！」

という声がした。真っ白のファンデーションを塗った私が、その声の方に振り返ると、そこにはあの折原先生と小さな男の子の姿があった。

「修二、走ったら転んじゃうぞ」

右足が少し不自由だった折原先生は、不便そうな足取りで小さな男の子を追いかける。

（あの子は、あの時の……？　私が産んだ赤ちゃん……？）

修二という名の男の子は、満面の笑みで駆け寄ってきてくれた。
その一瞬、時が止まったかのように感じた。
そして、かわいい――。そう思ってしまった。
もちろん、そんなこと思っていい資格なんてないのに、笑顔で駆け寄る修二のことを、かわいいと感じてしまった。
すると、五メートルほど先で修二は思いっきり転んでしまったのだ。

私は、ピエロとして駆け寄った。

声をかけることなんて、できない。してはいけない。

手にしている赤い風船を、修二にそっと渡した。


「ありがとう」


修二は赤い風船を受け取ると、折原先生と手をつないで通り過ぎていった。

ほんの数秒の至福を味わった気がした。

それから月日は流れ、私は三十半ばで再び妊娠した。

しかも、また父親に恵まれない子どもだった……。

食いつなぐために働いていた夜の仕事で、たった一夜を過ごした男性との間に、女の子を授かってしまったのだ。

運命の歯車は、同じ方向にしか回らないのだろうか。

そんな歯車に逆らうべく、私は一人で育てることを決心した。

優しい折原先生に教えてもらった言葉を引用し、『リンゴ』と名づけた。

『たとえ明日、世界が滅びても今日、僕はリンゴの木を植える』

この言葉に、何度支えられたことだろう。

この言葉には、『今日』に未来も希望もすべて詰め込まれていると私は感じた。

明日なんて来ないかもしれない――。そう思ってしまう日も、「とりあえず今日を生きよう」「今日を生き抜いたら、きっといいことがある」自分にそう言い聞かせてきた。

そのお陰で、私は希望を捨てずに今まで生きてこられたと言っても過言ではない。

だから、私を生かし続けてくれたこの言葉の一部を切り取り、娘に『リンゴ』と名づけた。

けれど、そもそも私に生きている価値などあるのだろうか。

何のために生まれ、何のために生きているのかわからない日々を繰り返し、それでも今日まで生きようと思ったのは、いったいなぜだろう。

結局また私は繰り返している。

不幸という名の歯車の回転を、止めることは私にはできなかった。

産婦人科で出産するお金をどうしても用意できず、あの時、一人で産み落とした記憶を辿り、私は自分のアパートでリンゴを産んだ。

今度こそ、ちゃんと私の手で育てるんだと覚悟したものの、戸籍に入れることすらしていない。

そう、リンゴはいわゆる「無戸籍《むこせき》の子」なのだ。

だから健康保険証もなく、病院へ連れていったこともなければ、幼稚園にも入れたこともない。


私は、何をしているんだろう。

私は、何のために生まれ、何のために生きているんだろう。

私は、どうしてこの子を抱いているんだろう。


リンゴを産んで六年が経ち、私は私でいることをやめようと思った。

私にはもう、明日はいらない……と。

そんな時、公民館で開催された『母親教室』で元理事長の三橋先生と再会した。

今は幼稚園の園長をしているという三橋先生は、私に修二と会うことを勧めてきた。

あの時捨てた修二が立派に育った姿を見たら、今やるべき育児と向き合えるかもしれない……リンゴのことを抱きしめてあげられるようになるかもしれない……と、私自身、自分の中の未知なる自分に期待したりもした。

それから数日後、三橋先生から『風船飛ばし』のチケットとピエロ姿の修二の写真が送られてきた。

修二の写真を手にして、なぜだかわからないけど涙が溢れた。それと同時に、自分の未熟さを痛感し、罪悪感はさらに大きくふくらんだ。

魔がさしてしまったあの日を悔やむ涙？　いや、修二を愛しいと思う涙？　それとも、折原先生にとって取り返しのつかない嘘をついてしまった懺悔《ざんげ》の涙？

私は、答えを見つけられないまま、ピエロの写真を引き出しにしまい、そしてチケットを破り捨てた。

すると後日、ゴミ箱に捨てたはずのチケットが、写真と一緒に引き出しの中に入っているのを見つけた。

不器用に貼りつけられたセロハンテープを見て、リンゴがやったのだとすぐにわかると同時に、私はある覚悟をした。

やっぱり、修二をひと目見にいこう――と。

そして本人に向け、心の中で謝罪を伝えよう。そうしたら私は……この世を去ろう。

生きている限り、私は私を許すことができない。ずっと苦しみながら、ずっとリンゴを愛せないまま、生き続ける人生に何の意味があるというのだろう。

幼稚園という安全な場にリンゴを置き、私はそっと去ろう。

私が捨てれば、少なくともリンゴは誰かに愛してもらえるかもしれない。

結果的に折原先生が修二を立派に育ててくれたように、リンゴも誰かに育ててもらえるかもしれない。

私の目的は、三橋先生の幼稚園のバザーに参加すること。ただそれだけだった。

けれど、私が破り捨てたチケットを一生懸命直しているリンゴの姿を想像すると、イベントを無視することはできず、早朝の電車に乗って『風船飛ばし』に参加することを決めた。

イベント会場であるショッピングモールには、少し早めについてしまったものの、会場では風船につけるメッセージカードを配っていたので、私はそれに折原先生のあの言葉を書いた。

血縁のない修二を立派に育ててくれた先生に、私は「ごめんなさい」も「ありがとう」も言っていない。言える立場ではないけど、その想いを風船に乗せ、風に届けてもらうことくらいなら、神様は許してくれるのではないだろうか。そんな思いで、メッセージカードを風船に結びつけていると、目の前にきらびやかな衣装のピエロが突然通りかかったのだ。

まさかと思いつつ、そのピエロの姿を目で追った。

（修二だ――）

心の準備ができていなかった私はパニックを起こし、私のスカートの裾をつかんでいたリンゴを振り払ってその場から離れた。

（なぜ修二がここに……？）

しかも、一瞬目が合ってしまった気がして、どうしていいかわからない。数十メートル離れたところから様子をうかがっていると、修二は、何やら黄色いジャンパーを着た外国人と話している様子だ。

もしかすると、このイベント会場でもパフォーマンスを披露することになっているのかもしれない。神様は、ことごとく意地悪である。

（そういえば、三橋先生はこのイベントの関係者だと言っていた……。だったら、何か問題が起きたらきっと関わるに違いない。このままここへリンゴを置き去ったとしても、きっと大丈夫……きっと……）

赤い風船を持って遊んでいるリンゴのところへ行き、ATMの明細書に包んだままの一万円を素早く手渡し、私はショッピングモールをあとにした。

人生にピリオドを打つ覚悟をし、フラフラと歩き続け、どれくらい経っただろう。

四十二年という、長いのか短いのかわからない人生を振り返り、私は駅のホームに立った。何て名前の駅かなんて覚えていない。

でも……思いのほか死の壁は高かった。

何台も何台も電車を見送り、結局私は死ねないまま朝を迎えてしまった。

そして私は、積もりに積もった罪悪感にトドメを刺すかのごとく、あの日、修二のことを産み落とした母校へ向かった。千葉の最南端から静岡へ向かう交通費で、財布の中の残金は散るように消えたが、どうせ帰りの切符を買う必要などない。迷うことなく私は新幹線のチケットを購入した。

母校を見渡しながら過去を振り返っていると、背後から私を呼ぶ声が聞こえた。


「正美さん！」


その声は、先月神奈川の公民館で再会した三橋先生の声だ。

私は、とっさにその場から逃げた。

全速力で大通りを走り抜けようとしたその時、トラックのクラクションが聞こえ、目の前が真っ白になった。

これでいいんだ――。
これでようやく、人生に終止符が打てるんだ――。

*

園長からの電話は、リンゴの母親の正美が交通事故にあってしまったという内容だった。

正美が当時通っていた女学校の近くで大型トラックにはねられ、病院へ運ばれたという。とにかくすぐにリンゴを連れ、その病院へ来てほしいとのこと。

病院の住所を聞くと、そこは新幹線に乗って行かなければならない遠くの地であると共に、正美が通っていた女学校は、昔父が勤めていた学校である……とのことだった。

食べてはいけない苦い種を嚙んでしまったような、そんな口調で園長は言った。

その瞬間、僕は僕の人生のシナリオの一ページを、新たにめくったような気がした。

（まさか……）

小学生の頃、どこの誰が流したかわからないあの噂が、脳裏によみがえる。

教師だった父が妊娠させてしまった生徒というのは……今僕の隣にいるリンゴの母親……正美なのだろうか。

誰と誰がつながっていて、どこがスタート地点で、どこがゴールなのか、僕にはわからない。けど、リンゴと正美の体内には、切っても切れない血液が流れていることは事実だ。今、正美の下へリンゴを連れていかなければ、僕はきっと後悔する。


「リンゴ、お母さんのとこに行くよ」

「おかあ……さん？」

「そう、リンゴのお母さん」

何が起きたのか訳がわからないリンゴは、新幹線の座席の上に立って窓の外を眺めている。

「見て見て！　ピエロさん。あそこの車よりもリンの方が速いよ！」

リンゴを産んだ時は、どんな状況だったんだろう。僕の時とは違い、普通に病院で産んだのだろうか。

隣で無邪気にはしゃいでいるリンゴを見て、僕は複雑な気持ちになった。

パフォーマンス中に見かける子どもや、家族団らんの中にいる子どもに対して感じる「嫉妬心」のような感情ではなく、むしろこの子には幸せでいてほしいというか、この無邪気さを失ってほしくないというか、そんな気持ちが自分の中に湧いている。

目的の駅に着き、リンゴの手を引いて病院へ向かう途中、僕はリンゴに状況を伝えた。詳しいことは僕自身もわからないが、正美がトラックにはねられ、深刻な状態であるということを……。

するとリンゴは、悲しいのか、不安なのか、言葉では当てはまらない感情なのか、そんな表情で僕のことを見上げた。どの感情が正解かわからないけど、この小さくてやわらかい手は、誰かに守ってもらわなければ生きていけない。それだけは間違いない絶対の答えだ。

病院へ着くと、壁に沿って置かれている待合室のベンチに園長は座っていた。

僕らは横一列に座り、正美の手術が終わるのを待った。

そして、僕の隣に座った園長は、僕の知らない僕の過去を語り出した。

僕のことを産み捨てた母親が、リンゴの母親の正美であるということ。

二十五年前、園長は父が勤めていた女学校の理事長をしていたということ。

三年前の僕の写真を園長が持っていたのは、父の恩師でもあり、僕をアメリカ留学させてくれた川島からもらったということ。

そのアメリカ留学を提案したのは、元々は園長だということ。

幼稚園でのパフォーマンスを依頼したのも、園長だったということ。

何よりも衝撃だったのは……父が……僕の本当の父親ではないということ。

十七歳だった正美の『嘘』により、僕と父は家族になったのだ。

「なんだよ、それ……。なんで今さらそんなこと聞かされなきゃいけないんだよ……」

やり場のない気持ちを……言葉にならない言葉を……僕は園長に向けた。

思わず、つないでいたリンゴの小さな手をぎゅっと強く握ってしまい、「いたいっ」という声で我に返った。

この小さい手と僕の手は、血がつながっている――。
そして僕たちは、二人とも同じ母親に捨てられた――。

こんな共感、いらないのに……。
すると、父の恩師の川島が、園長から連絡を受けて待合室へ来た。白髪で恰幅のいい川島は、そこに立っているだけで貫禄がある。
昔、父がグレていた時に出会ったという川島だが、父とも僕とも本当の家族のように接してくれ、父が他界したあとも川島は度々連絡をくれ、親身になってくれていたのだ。まるで祖父のようなこの川島も、僕のことをだまし続けていたのだろうか。

「川島先生も……知ってたんですか？　僕と父さんの血がつながってないこと……」

僕のことをまっすぐに見る川島は、ゆっくりと向かい側のベンチに腰かけ、言葉を選びながら答えた。

「君のお父さん……啓太郎君が君の実の父親でないことを知ったのは、今から九年前、啓太郎君が余命宣告された時だったんだ」

「！」

「けど、本当の親子ではないだろうということは、ずっと考えていた。啓太郎君が、生徒を妊娠させるようなことはしないと信じていたからね。でも、本人の口から真実を聞いたのは、九年前なんだ」

「父は、どうして急に真実を……？　もう先が長くないと思ったから、ヤケになって伝えたんですか？」

するとと川島は首を横に振った。

「いや、そうじゃないと思う。きっと、修二君を産んだ正美さんに、感謝の気持ちを伝えたかったんじゃないかな。それで、その想いを刑務所内にいる自分では伝えられないから、私から伝えるよう真実を話してくれたんだと思うよ」

「感謝……？　自分の人生をめちゃくちゃにした生徒に？」

「あぁ、そうだよ」

「そんなはずない……自分の子どもでもない僕のことを押しつけて、しかも大きな嘘までついて、そんな人間に感謝するなんて考えられません」

　ジャケットの内ポケットから一通の手紙を取り出した川島は、それを僕に差し出してきた。

「これを読んでごらん」

「……これは？」

「九年前、啓太郎君が正美さんに宛てて書いた手紙だよ」

「！」

「正美さんにはもっと早く渡すつもりだったのだが、両親と縁を切った彼女を、なかなか見つけ出すことができなくてね……九年もかかってしまったよ。しかも、三橋先生が偶然正美さんと再会したとは、これはきっと啓太郎君が引き合わせてくれたんだと私は感じたんだ」

「でも、人の手紙を勝手に読んでいいんでしょうか……」

「真実を知ってしまった今の君には、この手紙を読む権利がある」


力強い目で川島はそう言った。

僕は、戸惑いながらも川島から手紙を受け取り、封筒の中から数枚の便せんを慎重に取り出した。

白い紙に薄い灰色の横線が引かれただけの素朴な便せんには、父の『想い』がぎっしりとつづられていた。

まるで、この手紙の中では今も父が生き続けているかのように、そして、僕の知らない教師だった父と再会した気持ちになった。

三枚にわたる手紙を読み終わった僕は、便せんを再び封筒にしまった。

その時だった。手術室から正美を乗せたベッドが出てくるのが見えた。酸素マスクをつけ、頭には包帯を巻き、集中治療室へ移動する途中だと看護師は言う。

僕は、運ばれているベッドに駆け寄り、意識のない正美に語りかけた。

「あんた、生きなきゃダメだ……生きなきゃダメだよ！　リンゴのお母さんだろ？　リンゴのお母さんは……あんたしかいないんだよ！」

第四章　塀の中の風

「先生、相談に乗ってもらいたいことがあるんですけど……」

女学校で国語の教師を務めていた頃、僕が担任をしているクラスの生徒が職員室へ来てそんなことを言った。

「悪いな、橘。先生ちょっと忙しいんだ、今度でいいか?」

橘正美という名の生徒は、「わかりました……それではまた今度」と言って職員室を出ていった。

しかし、彼女の言う「また今度」が訪れることはなかった。僕自身、その後自分から彼女に声をかけることすらせず、目先の忙しさと、自分の過去の真相を探ることで毎日が精一杯だった。

あの時、僕はどうして彼女の相談に乗ってあげなかったのだろう。

過去なんて、どうもがいても変えることはできないし、それよりも「今」起きている生徒の問題と向き合ってあげるべきだった。

ただでさえおとなしい正美は、友達もおらず、学校も休みがちだったのに。

ちゃんと聞いていれば、あんなことにならなかったかもしれない……。

彼女が職員室に来てから数ヶ月経ったある日の早朝、理事長から家に電話がかかってきた。

学校内のトイレに、生まれたての赤ん坊が置き去りにされているのが見つかった……と。そして防犯カメラの映像に、僕のクラスの生徒が写っていたことから、事情を聞きたいとの内容だった。

防犯カメラに写っていたうちの生徒とは……橘正美だったのだ。

理事長の話によると、赤ん坊を産み落としたのは間違いなく自分だと認めているとのこと。さらに、その赤ん坊を妊娠させたのは僕だと彼女は言い放ったという。

理事長たちに、そのことが事実か質問された僕は、とっさにこう答えた。

「身に覚えはありません。けど……」


この「けど」のあと、僕は言葉を飲み込んだ。

けど、彼女が悩んでいるのは知っていました。

けど、僕は相談に乗らず、彼女を追い返しました。

彼女が、なぜそんな嘘をついたか、本当の理由はわからない。

でも、そう言いたくなる理由が彼女の中にあることは確かだ。

その後、正美の両親が学校へ乗り込んできたかと思うと、こんなことを言った。

「娘の将来に傷をつけないためにも、学校を訴えることは避けたいと思っています。ただ、訴えない代わりに、娘が産んだ赤ん坊は折原先生が責任を持って一人で育ててください。戸籍の母親欄も、空欄で提出してください」


なんだか、どうでもよくなった。過去も、未来も。

あの頃の僕は、理事長の三橋鈴子が僕の母親を殺した人ではないかと、ひそかに調べている最中だった。正美が職員室へ来た日も、自分なりに理事長の過去を辿って調査していたのだ。結局、真実に行きつくことはできなかったけど、真相を探るべく、僕はあきらめずに調べ続けていた。

母は、僕が小さい頃から心身の弱い人で、地域で開催されている母親教室や小さなカウンセリンググループによく通っていた。そこへ行くにあたって、せまいアパートの玄関を出る時、何かを決断するかのように僕の手をぎゅっと握っていたのだが、今思えば、あれは母自身が「母親としての自覚」を持つための儀式だったのかもしれない。

畳の上には何冊もの本が積まれていたが、幼かった当時はそれが何の本かなんてわからなかった。大人になってから、何枚か残っている家の中の写真を見直した時、それが育児書だということがわかった。理由はわからないけど、いつしか母一人子一人となっていた生活の中で、母は僕の愛し方を本から学んでいたんだ。それでもまだ愛し方がわからず、母親教室やカウンセリンググループへ通っていたのかもしれない。

僕は、その母親教室で毎回顔を合わせる相談員の『鈴子さん』という人がとても好きだったことを覚えている。穏やかな声で話し、いつも笑顔で、ふわっと良い香りがして、会うとなんだかホッとした。いつも「つらい」「死にたい」と言っていた重い母の空気を、鈴子さんがふわっと軽くしてくれる感じがしていたんだ。

けど、ある日その『鈴子さん』に会ったあと、家に帰った母が急に泣き出し、「死んでやる、死んでやる、死んでやる」と今までに見たことがないくらい叫び始めた。そして僕に、「ママが死んだらあの女を殺して」と言った。その目は人間じゃないような、いや、生き物ですらないような、ビー玉の中にギラギラした炎が閉じ込められている、そんな目をしていた。

僕は怖くて、押し入れの中の布団にくるまって何時間か過ごしたのだが、次第に母の叫び声が聞こえなくなり、恐る恐る押し入れから出ると、母の姿は見当たらず、風呂場からシャワーの音が聞こえた。

僕は、母が風呂から出てくるまでテレビを見て待っていた。けれど、いくら待っても母は風呂から出てこないため、風呂場の外から声をかけてみた。

「ママ？」

母の返事はなく、中からは一定のシャワーの音が聞こえるだけ……。今までこんなことなかったから、そっとドアを開けてみると……母は服を着たまま頭まですっぽりとお湯の中に浸かっていた。

幼かった僕はどうしていいかわからず、シャワーもそのままにして家を飛び出し、隣の家のドアを叩いた。

「開けて！　ねぇ、ママを助けて！　ねぇ、開けて！」

挨拶すら交わしたことのない隣の人は、すぐに救急車を呼んでくれたものの、母が息を吹き返すことはなかった。

洗面所に貼ってあるカレンダーの隅に、遺書らしき言葉が残されていたことから、すみやかに自殺だと判断されたのだ。

『生まれ変わるとしたら、人間にはなりたくない』

うろ覚えだけど、そんなようなことが書かれてあったと聞いた気がする。

メモしておいたわけではないから、確かな記憶ではないけど……。

あの日、母親教室の『鈴子さん』に、いったい母は何を言われたのだろう。僕が見ている限り、いつもと違う様子はなかったように思うが、きっと母にとっては何か大きな傷となることを言われたのかもしれない。

母の死後、ふわっと良い香りのする『鈴子さん』に対して、僕は復讐《ふくしゅう》の気持ちが高まっていった。

ビー玉のような目で「ママが死んだらあの女を殺して」と言った母の遺言を守るかのように、小学校を卒業した僕は『鈴子さん』の居所を探した。その時、本気で殺すつもりだったかどうか記憶は曖昧だけど、母のカタキを討つような思いはあったように思う。

そんなカタキ討ちの感情は中学を卒業するまで続いたものの、鈴子さんは結局見つからなかった。当時僕が住んでいた街の電話ボックスへ行き、電話帳に記されている「鈴子」と名のつく人に片っぱしから電話をかけたが、あの『鈴子さん』に行きつくことはなかった。

次第に、僕の行動は本当に正しいのか？　と自問自答をするようになった。母は、自分の子どもが人殺しになってもいいと思って、あんなことを言ったのだろうか。そんなことを考える余裕などないまま、この世を去っていったのだろうか。死んだあとまでも僕に負担をかける母が、いつしか勝手な人間に思えてきて、僕は「鈴子さん探し」をやめた。そして何を信じたらいいか、どこに向かったらいいかわからないような宙ぶらりんな感情を抱き、出口のない孤独の穴を掘り始めた。

自分の掘っている穴に出口なんかない……そんなこともわからず、思いやりすら捨て、人の大切にしているものを破壊し、鑑別所《かんべつしょ》や少年院を出たり入ったりを繰り返していたが、「その先に出口はないよ」と僕に正しい道を教えてくれる人が現れたのだ。

それが今の校長であり、当時、保護観察官をしていた川島である。

川島は、最低最悪な僕を見捨てずに支え続けてくれた。どんなに僕が裏切っても、どんなに僕が嘘をついても、川島は僕が更生することを信じ続けてくれた。

「啓太郎君、投げやりになっちゃいけない。君は、君らしく生きるべきだ。君には生きる権利がある」

僕が仕事を辞めた時も、再び少年院に入った時も、川島はいつもそう言ってくれた。次第に、ほんの少しだけど、生きることについて僕は考え始めた。

僕は、何のために生まれて、何のために生きればいいのかな……と。

そしてある日、川島は僕の人生に大きな影響を与える言葉を教えてくれた。


『たとえ明日、世界が滅びても今日、僕はリンゴの木を植える』


僕は、魂が揺さぶられるような気持ちになった。

川島が支え続けてくれた想いが、この言葉に詰まっているように感じた。

何のために生まれて、何のために生きているか――。たとえ答えが見つからなくとも、今日、僕は生きている。今日、僕は何をしたいか。未来のために今日を生きているんじゃない。「今日」のために僕は今日を生きている。

この言葉のお陰で、僕の『今日』は変わったのだ。

余裕のなかった心の中に、もう一つ部屋が作られたような、そしてその部屋に何を入れようか、僕は今日、何がしたいかを考えた。

頭で考えるのではなく、心で感じるままに僕は僕に問いかけた。

すると、出てきた答えは……川島に恩返しすることだった。

じゃあ、そのためには何をしたらいいかを考えた。川島は、僕が更生することを信じ、支え続けてくれた……どうして僕が更生することを望んでいたのだろう……そもそも更生ってなんだろう……辞書には「生活態度を改めること」「生き返ること」「よみがえること」などと書かれてある。ということは……ダメだ、ここから先の答えがわからない。川島は、なぜ今まで僕の更生を望み続けてきてくれたのだろう。

刺激的な言葉を聞いた数日後、僕は思い切って川島に電話してみることにした。その頃の川島は、すでに女学校の校長を務めていたため、すぐ電話に出られる環境ではないかも……と思いつつ、ダメモトで僕はかけてみたのだ。

「もしもし、啓太郎君？　君から電話くれるなんてめずらしいね」

僕の想像とはうらはらに、川島はすぐ電話に出てくれた。

「いや、あの……突然かけちゃってすみません。川島さんにちょっと聞きたいことがあって……」

川島がなぜ僕の更生を望んでいたか、更生するとは、川島にとってどういう意味なのか、それについて僕は素直に聞いてみた。

「啓太郎君に更生してもらいたいと思っているのはなぜかって？　そうだなぁ……啓太郎君に『夢』を持ってもらいたいからかな」

「夢……？」

「そう、夢だよ。どんな小さな夢でもいい。夢を持つと、人は前を向こうとする。つまずいたり、転んだりしても、夢という出口に向かって前進しようとする。その途中で様々な出会いもあるし、協力してくれる仲間もできる。そうすると感謝する気持ちを覚える、そして感謝すると恩返ししたい！　って思いがこみ上げる。その瞬間……」

「その瞬間……？」

「人は、持っている力以上の力を発揮できるんだ。誰かのために頑張ろうとする力は、夢を叶えるために強い強い追い風となって背中を押してくれる。そして夢を叶えることができると、今度は誰かの夢を叶えるための追い風になることができる。仮に、夢を叶えることができなかったとしても、その途中で出会った縁はかけがえのない宝になる。前を向いて生きてよかったと思える。誰かを助けようと思える。そんな風に自分が誰かの役に立てたら、素敵だと思わないかい？　だから、何があっても前進していけるよう、啓太郎君に更生してもらいたかったんだよ。更生するということは、『夢を持って生きる』ということだと私は思うんだ」

川島との電話を切ったのち、僕は再び考えた。

川島に恩返ししたい——。けど、僕には夢がない……。そのような場合、どうしたらいいんだろう。いや、待てよ。夢がないなら……夢を持てばいいんだ。

そしてそれを叶えることができたら、川島はきっと喜んでくれる。間違いなく喜んでくれる。

僕は、その瞬間の川島の顔を思い浮かべると、身体の奥底から力が湧いてくるのを感じた。

これだ、これが追い風なんだ。川島への感謝の気持ちが、今、僕の背中を押してくれている。

いつか誰かの役に立ち、たくさんの人の夢を応援してあげられる自分……そんな自分に生まれ変わることができたら……。

その時二十歳だった僕は、一つの答えに辿り着いた。

川島のような人間になりたい——と。

ということは、僕が目指すべき職業……それは教師だ。川島と同じ教師になる夢を僕は追えばいいんだ——。

夢を叶えると同時に、今度は人の夢を支え、応援する立場でいられる。しかも仕事としてそのようなことができたら……なんて素敵だろう。なんて素敵な人生だろう。

ずっと信じ続けてくれた川島に恩返しするべく、僕は大学進学を目指した。

僕を置いて先に死んだ母に当てつける気持ちではなく、母を殺した相談員に復讐する気持ちでもなく、川島に「信じ続けてくれてありがとう」という気持ちで、僕は教師になる道を選んだ。

たとえ明日、世界が滅びても今日、僕は教師になる夢をあきらめない。

二十年間生きてきた中で、一番努力したと言えるくらい僕は勉強に励んだ。

アルバイトしながら一年浪人して、大学を卒業したのは二十五歳の時だった。

卒業したことを報告すると、電話先で川島は嗚咽《おえつ》をもらし泣いていた。そして、何度も何度も「おめでとう」と言ってくれた。

僕もようやく「ありがとうございます」という言葉を川島に伝えることができた。

そして女学校の校長をしている川島は、教員免許を取ったばかりの僕を同じ学校に招いてくれたのだ。

そこで、理事長の三橋鈴子を紹介された。

会った瞬間は、正直何も感じなかった。それよりも、「教師の折原先生」と紹介された緊張感の方が上回っていた。

徐々に学校生活にも慣れてきて、数年後には担任を持たせてもらうこともでき、少しずつ心に余裕が生まれてきた頃、僕の中に一つの疑問が生まれた。

理事長の三橋鈴子の私生活を知る先生が、誰一人としていないのだ。結婚しているのか、していないのか、子どもはいるのか、いないのか、素性を明かさない三橋鈴子に、僕は少しずつ不信感すら抱くようになった。

鈴子……。そういえば、母の相談員を務めていたあの人と同じ名前――。

思い返せば、笑った時にできる頬のエクボや、鈴を転がすように笑う声のトーン。

また、ふわっと良い香りのする理事長は、定期的に『母親教室』へ顔を出しているということも聞いた。もしかすると、あの『鈴子さん』と理事長の三橋鈴子は、同一人物なのではないだろうか。

徐々によみがえる記憶を辿り、僕は理事長の過去について調べ始めたのだ。

たとえ確信につながる真実の証拠をつかんだとしても、今さら「あの時、僕の母に何を言ったんですか？　なぜ母を死に追いやったのですか？」と聞けるわけもない。

聞いたところで、何が変わるだろう。

そう、何も変わらないのだ。

逆に、真実を知ることで、知らなければよかったと後悔することがあるかもしれない。

ならば、知らないままの方がいいこともある。

けれど、僕の中の「知りたい」という衝動を止められない――。

そんな自問自答を繰り返している頃だった。正美が職員室へ来て、僕に「相談がある」と言ってきたのは……。

僕は、過ぎた過去のことを知るために、大切な生徒の未来に関わる相談をはねのけてしまった。

あの時、正美が僕を頼ってきた時、もっとちゃんと向き合ってあげていれば……たった一人で、しかも真夜中の学校で、孤独に赤ん坊を産み落とすようなことは食い止められたかもしれない。

人の役に立ちたくて教師の夢を追い、そして叶えたのに、僕はいったい何をやっていたのだろう。

教師として僕は、大きな選択ミスをしてしまったのだ。

橘正美を孤独にしたのは、僕の責任だ。

正美の捨てた赤ん坊と、五歳だった頃の孤独な僕自身を重ね合わせたりもした。

誰が本当の親かなんて関係ない。

手を差し伸べてやらなければならない小さな命が、今、僕の目の前にある。

今度こそ、間違った選択をしちゃいけない。教師としてではなく、人間として。

母の死と直面したトラウマから、僕は一生、自分の子どもを持つことなんてないと思っていた。だから、結婚する気もなければ、温かい家庭を築くことも思い描いたことはなかった。

そんな僕でも、いや、そんな孤独を知っている僕だからこそ、この赤ん坊を育てられるのではないだろうか。

頭の中で考えたって、答えは出ない。けれど……

今、この子には僕しかいない――。僕しかいないんだ。

「娘が産んだ赤ん坊は折原先生が責任を持って一人で育ててください」と言ってきた正美の両親に向け、僕は答えた。


「わかりました」


何が正解かなんて、僕にはわからない。

だから、正美がついた嘘の真意も、僕にはわからない。

けれど、僕はそれでよかった。

今、この瞬間に決断した僕の答えが、きっと僕にとっては正解なのだから。

僕にとっての答えを出したその夜、校長である川島宛てに退職願を送った。

「後悔のない『今日』を過ごすために、僕は新天地で頑張ります」と書いた手紙も添え、小さな赤ん坊を抱いて長年暮らしたアパートを出た。

昔、母と旅行したことのある海の近くで平屋を借り、赤ん坊の面倒を見ながらそこで塾を開いた。わずかな収入だったけど、修二と名づけた赤ん坊との暮らしは、とても穏やかで充実した毎日だった。

育児は、想像もつかないことの連続だったけど、それでもこの子との生活は希望に満ち溢れていたと言ってもいい。そう感じていた時、川島から久々に電話がかかってきた。

その内容は、前と何も変わらない。僕のことを心配してくれると共に、僕が生徒を妊娠させるわけがない、けれど僕の出した答えを応援するという力強い言葉をかけてくれた。困ったことがあったら、いつでも連絡するように……と。

また、正美の処分は、川島の寛大な処置により退学は免れた。その後は無事に卒業し、短大へ進学したということだ。

それでいい。それでいいんだ。

人間は、生きているからこそ生まれ変わることができる――。

「おっとぅ！　早く早く！　魚が逃げちゃうよ！」

修二は、大きな病気をすることもなくすくすく育ってくれた。

何の影響かわからないけど、僕を『おっとぅ』と呼んでいる。その声はとてもかわいらしく、呼ばれるたびに僕の中の父性は刺激された。

修二が保育園に入る頃には、僕は町の進学塾に勤め、経済的にもようやく安定した生活を送っていた。休みの日には二人で網を持って海へ行き、カニや小魚をすくって遊んだりした。

「修二、走ったらあぶないぞ！」

僕にとって修二は、かけがえのない存在になっていた。血がつながっているとか、つながっていないとか、そんなことは本当にどうでもいいと心の底から思うほどこの上なく愛しい。

愛情は、血でつながっているわけではない。ひと編みひと編み時間をかけて作られている毛糸のマフラーのごとく、ありきたりな日々の中で互いの気持ちを編み込み、愛情は築かれていくものなんだ。だから血なんて関係ない。修二がそう教えてくれた。

けれど、そんなある日、僕が保育園へ迎えに行くと、修二が床にしゃがみ込んで泣いていたのだ。

保育園の先生に事情を聞くと、お友達から「修二くんの持ち物には、手作りのものがないよね」と言われたらしい。「手作りのものがないのは、お母さんがいないせいだ」と残酷な言葉を放った園児もいたという。

僕はその帰り、修二を連れて手芸用品店へ行った。「何色がいい？」と聞くと、修二は「赤！」と元気よく答えた。赤いフェルトの生地を見ていると、かつて僕の心を動かしたあの言葉を思い出した。

『たとえ明日、世界が滅びても今日、僕はリンゴの木を植える』

そうだ、リンゴを作ろう。修二がもう少し大きくなったら、この言葉を教えてあげ、そしてすべての真実を伝えよう。その日が来るまで、しっかりと「今日」を生きるため、僕は修二にリンゴのキーホルダーを作ってあげよう。

赤いフェルトの生地と糸と針を買い、僕らは手芸用品店をあとにした。

その日はお惣菜のコロッケで夕飯を済ませ、修二を寝かしつけたあと、何度も指をさしながらリンゴのキーホルダーを作った。

そして朝日が昇る頃、お世辞にも「上手」とは言えないキーホルダーが完成した。目を覚ました修二は、小さな赤いリンゴのキーホルダーを手にし、満面の笑みで喜んでくれた。

僕は、とても幸せだった。世界で一番幸せだと思った。

しかし、修二が小学校を卒業した年、そのリンゴのキーホルダーがきっかけで、取り返しのつかない事件を招いてしまったのだ。

小学校の時から、いじめの対象となりやすかった修二だが、中学校に入るとより一層いじめの的《まと》となってしまい、学校を休むことも少なくなかった。

どうしてそのような対象となってしまうのか、修二自身に問いかけたことがあったものの、修二は「わからない」と言うばかり。

そのうち、その原因は僕にあるということを保護者の噂によって知った。

修二を引き取ることとなったあの時のことを、誰かが言いふらしているという。

あの頃、赤ん坊が置き去りにされていたことは世間には公表されていない。

正美の両親は僕を訴えなかったことから、事件にはならなかった。だから、あの時の真相を知る人間はごく一部に限られているはずなのだ。

それなのに、いったい誰が何の目的で噂を広めているのだろう。その噂によって、修二は「生徒を犯した変態の子ども」などと言われるようになったという。

修二は、僕のことをどう思っているのだろうか。僕は、怖くてそのことを聞けずにいた。今思い返せば、一度だけ修二に不自然なことを問いかけられたことがあった。

「僕たちって……似てないよね？　僕は、お母さんに似たの？」

あれは、僕に対するシグナルだったのだろうか。信じていいよね？　僕たち本当の親子だよね？　と確信につながる助け船を求めていたのだろうか。

そして、人生最悪の日は訪れた。

雨が降っていたその日、僕は仕事を早く終えたこともあり、修二の通学路を通って帰ることにした。今朝、修二は傘を持って出るのを忘れたため、途中からでも一緒に帰れればと思ったのだ。

すると、河原で修二が集団に取り囲まれているのを目撃した。

友達と遊んでいるという雰囲気ではなく、明らかに様子がおかしい。

いつもおとなしい修二が、大声を出して友達に殴りかかっているのだ。僕は、すぐさま河原まで走った。

「おい！　君たち、何やってるんだ！」

大人が声をかけると、子どもたちは大抵散り去っていくものだ。しかし、修二を取り囲むその子たちは、僕の声にひるむことなくケンカを続けた。

修二の足元には、僕が昔作ってあげた「リンゴのキーホルダー」が泥だらけになって落ちている。修二はそれを拾うと、集団の中の一人に全身でぶつかっていった。

「やめなさい！　修二！」

修二に突き飛ばされた男の子は、起き上がると、握りこぶしで修二の頬を思いっきり殴ってきた。

「おい、いい加減にしろって、ほら、やめるんだ！」

僕は、修二とその男の子の間に入ろうとした。

それが、不幸の瞬間だった。

いじめっ子の中の一人が、転がり落ちていた鉄パイプのような棒を拾い、僕に向かって振り上げたのだ。僕は、思わずしゃがみ込んだ。すると、修二と殴り合っていた少年の顔面にその鉄パイプが思いっきり当たり、青年はその場に倒れ込んだ。

少年は意識不明の状態が二週間続き……そして脳死と判断された。

そこにいた修二以外の全員が、罪を僕になすりつけた。

僕は、社会から「人殺し」というレッテルを貼られ、高い塀の中で暮らすこととなってしまった。

自分の意志に反して、人生がリセットされたのだ。

もういい、生きるのはもう疲れた――。

けれど、僕なんかよりも塀の外にいる修二の方が、そう思っているに違いない。

こんな不甲斐《ふがい》ない父親で申し訳ない……。僕は、度々修二に手紙を書いた。

一緒に暮らしていたら、自然とかけていたであろう言葉を手紙やハガキにつづり、修二に送り続けた。

そして数年が経ったある日、僕は身体に異変を感じた。

診断の結果、胃がんであることが判明。すでに末期の状態で、余命わずかだと聞かされたのだ。

塀の中で暮らし始めた頃、「もういい、生きるのはもう疲れた――」と思った時のことを思い出した。

人間という生き物は、いいことも悪いことも心の底から願うと、それが叶ってしまうのかもしれない。

余命を知った人間は、死ぬまでどうやって生きたらいいのだろう。

何を考え、何を覚悟し、やり場のない感情をどこへぶつけて生きたらいいのだろう。

そもそも、生きなければいけないのだろうか。

その夜、僕は考えた。

このまま死んで、後悔はないか？　生きているうちに、しておくことはないか？　何かしなきゃいけないことはないか？　残された短い時間で僕は何をするべき？

風の吹かない塀の中で、一睡もせずに考えた。

まず思い浮かべたのは、もちろん修二のこと。それから、僕のことを支え続けてくれた川島のこと、そして……修二のことを産んだ正美のこと。不思議と、僕がこだわり続けていた三橋鈴子のことは、その時は思い出さなかった。あの頃はきっと「未来を生きるため」に過去の真相を知りたいと思ったのだろうけど、今の僕には未来がない。だから、過去がどうとか、誰を恨むとかではなく、「今日」を生きないとならない。未来のない今日を生きるために、僕が今するべきこととは何だろう。

いつかは修二に本当のことを伝えなければならないと思っていた。でも、それは修二が大人になったら……と。

僕に時間がないからといって、焦って伝えていいのだろうか。まだ十六歳の修二は、僕と血縁がなかったことを知らされて、その真実を受け止めきれるだろうか。僕のことを嘘つきだと憎むのではないだろうか。

やはり、僕が死ぬからといって急いで伝えることは違う気がする。

いつか修二が真実を受け止められる「時」が来たら、川島から伝えてもらおう。

そして、修二を産んだ正美には、手紙を渡してもらおうと考えた。

そうだ、僕が今するべきこと。それは……正美に感謝を伝えることだ。

僕は今、彼女に対して心の底から感謝の気持ちがこみ上げている。

彼女のついた嘘のお陰で、僕は豊かな人生を送ることができた。

最高に愛に満ちた人生を送ることができた。

人の道をそれていた頃、川島がかけてくれた言葉通り、僕は、僕らしい人生を歩むことができた。

僕は、死を宣告されたことで、本当に大切なことに気づくことができた。

正美に対する感謝に気づけたその瞬間、高い塀の中で、僕の心の中に強い風が吹いた。

その暖かな風に『想い』を届けてもらうべく、僕は正美に手紙をつづった。

『橘　正美　様
お元気にしているでしょうか？
当時、担任を務めさせてもらった折原啓太郎です。

君と最後に会ったのは、十六年前の冬でしたね。

僕はずっと、君に謝らなければ……と思っていました。

僕を訪ねて職員室へ来てくれたあの日、僕は自分のことを優先し、君の相談に乗ってあげずに追い返してしまった。今さらかもしれないが、本当に申し訳なかった。

心細い思いをさせてしまったことを、心から悔やんでいる。担任として、一人の人間として、ちゃんと君と向き合うべきだった。本当にごめんなさい。

君は、たった一人で子どもを産んだ。それは、僕なんかが想像できないくらい大変なことだったと思う。正しい言葉が見つからないけど、すごいことだと思う。すごく決心が必要だったと思う。あの時君が産んだ赤ちゃんは、今、十六歳になったよ。修二という名前をつけさせてもらい、大きな病気一つせず、すくすく育ってくれているよ。

僕のことを『おっとぅ』って呼ぶんだ。僕はその声が好きでね。素直で優しくて、とてもいい子なんだよ。

こんなことを話すと、君は責められているのではないかと感じてしまうかもしれないね。けど、決してそうじゃない。僕は、君のついた嘘に感謝している。

僕は、君のお陰で父親になることができた。底知れぬ喜びを、これでもかというほど味わうことができた。

当時校長をしていた川島先生から、君は高校を卒業して短大へ進学したと聞きました。その後、楽しく過ごすことはできていますか?

もし今、君が最高に幸せなら、それは僕にとっても最高の幸せです。

けど、もし君が幸せじゃないなら、そして、その理由があの時の嘘が原因なら……僕が父親だと嘘をついたことを悔やんだり、罪悪感を持っていたりしたら、その感情はすべて捨ててください。

夢を持って、夢を追って、夢を叶えて、そしていつか誰かの夢を支えて、生きる喜びを見つけてください。幸せを感じて生きてください。

大切な人の手をぎゅっと握り、愛に満ちた人生を送ってください。

いつだったか、君は小さな声でこんなことを言っていたね。「平凡なお母さんになることが夢なんです」…と。それはとても素敵な夢です。

その夢を叶えてもらいたいから、僕は君にこの言葉を贈ります。

『たとえ明日、世界が滅びても今日、僕はリンゴの木を植える』

高校に入学して間もない頃、教室で一人ぽつんと本を読んでいた君に、この言葉をかけたことがあったのを覚えていますか？　君は、この言葉が好きだと言ってくれた。僕もこの言葉が大好きだったから、共感してくれて嬉しかったよ。

そして僕は今、この言葉のように、君という名の希望の木を植えます。

君がこの手紙を手にする頃、僕はきっと風となっていることでしょう。

暖かな風となって、君の背中を押し続けていきたいと僕は思っています。

たとえ明日、世界が滅びても今日、僕は君の幸せを願う。願い続ける——。


最後に。

もう一度、伝えさせてほしい。

こんな僕を、父親にしてくれてありがとう。

修二に出会え、修二の父親になることができたお陰で、僕の人生はとても豊かになった。ささやかな喜びに気づくこともできた。だから、君のついた嘘に今は感謝しているんだ。

勝手かもしれないけど、君にも僕と同じような気持ちを味わってもらいたい。

今度こそ君が『お母さん』となることを、僕は願いたいと思う。

きっと、君ならいいお母さんになれると思うよ。だってそれは、君の本当の夢だったのだから……。

どうか、お元気で。

折原啓太郎』

最終章　風の船

正美が病院に運ばれて一週間が経った。

当日は集中治療室へ運ばれるなど、周囲に緊張が走る瞬間もあったが、幸い、大事には至らなかった。

あと数日で退院できるかもしれないという連絡を川島から受け、僕は彼女に会うかどうかを迷った。いったい、どんな顔をして正美と会ったらいいのだろう。いや、自分たちを捨てた人間に会う必要などそもそもないのではないか……と自問自答しているうちに、彼女は再びどこかへ行ってしまった。

園長がお見舞いに行ったら、正美は病院から姿を消していたのだ。ベッドの横の引き出しにしまっておいた父の手紙と共に……。

結局、僕もリンゴも入院中の彼女に会うことはなかった。それでよかったのかもしれない。

正直、僕は会ってもいいかもしれないと一瞬思ったりした。僕に会うことで、彼女がリンゴを大事にすることができるのなら、その選択もありかもしれないと思ったのだ。父の手紙を読み、ほんの少しだけど、彼女に対する気持ちが変わったような気がするから。変わったというより、減ったというか、許すという感情とはまた違うけど、どうでもよくなったというか。

僕には僕の人生があって、父には父の人生があって、あの人にもあの人の人生があって、それぞれの人生が一つになることはなく、それぞれの人生はそれぞれみんな違うということを、あの手紙を読んで感じた。気持ちが軽くなった……と言うと聞こえはいいけど、僕は僕の人生を生きればいいじゃんって、自分に言ってやりたくなった。

それと同時に、もっと父に手紙を書けばよかったと後悔した。父が生きているうちに、僕もちゃんと「ありがとう」を言いたかった。僕を育ててくれてありがとう……愛してくれてありがとう……って。

「おいこら、リンちゃん！　から揚げばっかり食うたらあかんで。数が合わなくなってしまうやろ」

リンゴと出会って一ヶ月が過ぎ、僕らは変わらず一緒に暮らしている。

生まれてからずっと無戸籍だったリンゴは、早急に園長が戸籍に関わる対応をしてくれたものの、母親が所在不明のため、時間はかかっているとのこと。

僕は、血縁上はリンゴの兄でも、戸籍上では証拠がない。父が僕を引き取った時、生徒である正美の将来を考えてのことか、戸籍に記される母親名を空欄で提出していたため、僕とリンゴの接点を結ぶことも難しいという。DNA検査で証明してもいいのかもしれないけど、それは僕がリンゴを育てる覚悟をした時だろう。

今はまだ、自分がどうしたらいいかわからない。リンゴにとってどうすることがベストか、わからない。

「ねぇ、オム。リンにもからあげの作り方おしえて」

オムのカレー店をすっかり気に入ったリンゴは、小さな車の中でつまみ食いを繰り返しながらそう言った。

今日は、埼玉にある古びたパチンコ店の新装開店イベントに、オムと一緒に呼ばれている。

店舗の外には、さびついた自動販売機と休憩用のテーブルと椅子が置かれている。テーブルの上には、『里親探しノート』というものが置いてあり、捨て猫などの動物保護を地域で協力し合っている様子がうかがえる。そんなアットホームなパチンコ店の外で、店舗の入口に飾るアーチ状の風船を作っているのだ。一応ピエロの格好はしているものの、子どもが来るところではないため、おどけて見せる必要はなく気楽だ。

オムは、片手で持って食べられる、インドの餃子《ぎょうざ》のようなものを販売している。スパイシーなひき肉や野菜を、薄いナンで包んで揚げた料理である。

これなら、パチンコしながらでも食べられると言って大量に仕込んだものの、思いのほか売れていない。

「言うとくけど、ワイの得意料理はオムライスやで。オムライスの作り方を教えたる」

「オムライスより、からあげの方がずっとおいしいよ」

「リンちゃん……その言葉傷つくわぁ」

ケラケラと笑うリンゴは、またもやプラスチック容器の中からから揚げを取り出し、口の中へ運んだ。

いつしかリンゴのことを『リンちゃん』と呼ぶようになったオムは、つまみ食いするリンゴを叱りながらも、かわいくてたまらない様子がにじみ出ている。

するとオムが、風船をレイアウトしている僕にこんなことを言ってきた。

「せやけど、これからどうするん？　来年には小学生になるはずなんやろ？」

「まぁ、戸籍については園長先生が手続きをしてくれてるみたいだけど、色々と面倒みたいだよ」

「もちろん、このままシュージと暮らすんよね？」

「それは……どうだろうね」

「なんや、シュージは冷たいのぉ。実の妹をどっか知らんとこへ放り出すんか？　しかも、こんなかわいくてええ子を」

「そういうわけじゃないけど、リンがどうしたいかって本音も、正直わからないし」

リンゴとの生活は次第に慣れてきて、今は一緒にいることが自然にすら感じる。けど、本当に僕なんかと一緒でいいのだろうか。実の母親が帰ってきたら、リンゴはさっさと母親のもとへ帰ってしまうのではないだろうか。そうなった時、僕は寂しさを覚えるのではないだろうか。

そんな風に考えながら、最後の一つの風船を取りつけ、無事に仕事を終えた。

リンゴを見ると、店先にいる猫のことをなでている。行き交う常連客たちが、みんな「ミィちゃん」と言いながら通っていることから、リンゴも「ミィちゃん」と呼び、すっかり仲良くなっている。

「ねぇ、ピエロさん、ミィちゃんを連れて帰ってもいい？」

相変わらずリンゴは僕のことを『ピエロさん』と呼んでいる。

「ダメだよ。うちのアパートはペット不可だから。それに……」

「それに？」

「ミィちゃんに会いにここへ来てる人もいるかもしれないだろ？　急にいなくなってたら、どう思う？」

「わかんない」

「オムのカレーを食べに来たのに、突然オムがカレー屋を辞めてたら、その人はどう思うと思う？」

「……オムのバカ！　って思うと思う」

「だろ？　だから、ミィちゃんを連れて帰ったら、リンのことをバカ！　って思う人がいるかもしれないよ」

なんとなく理解したような顔で「そっか」とリンゴは言った。

世の中の親は、子どもを育てるためにどれだけ苦労しているか、リンゴと出会ったことにより、少しだけ親の気持ちがわかったような気がする。

僕の父も、「いいこと」と「いけないこと」を、こうして一つ一つ教えてくれたのかな……。

そして、僕とオムはひと通りの仕事を終えた。古びたパチンコ店には更衣室もないため、ピエロ姿のまま僕はオムの車に乗り込んだ。

高速道路をしばらく走っていると、後部座席にいるリンゴがやけに大人しいなと思い、「寝てんのか？」と振り返った。リンゴが乗るようになってから、オムが調理スペースに一人分の座席を作ったのだ。

「いたい……お腹が……いたい……」

寝ているのかと思ったリンゴは、額からは脂汗をかき、もがくようにしてお腹を抱え込んでいる。

「おい、どうしたんだよ」

「いたい……お腹がチクチクいたいの……」

「オム！　お前、から揚げに変なもん入れたんじゃ……」

運転しているオムに、思ったままのことを聞くと、オムは勢いよく反論した。

「そないなことするわけあらへんがな、鶏かて新鮮なやつしか使っとらんし」

「じゃあ、なんでこんなに腹痛がってるんだろ」

「苦しそうやね……救急車呼ぼか」

「いや、ちょっと待って！　こいつ……今病院に行ったら面倒なことになるんじゃ……」

「あ、無戸籍やから？　せやけど、そんなこと言ってられへん状態やん！　それに今日は日曜やし、あいてる病院もないやろ」

「それもそうだけど、もし食中毒だったら、オムだって店を続けられなくなるかも……」

「そうかもしれへんけど、じゃあどうしたらええねん！」

もしも本当に食中毒だったら……。オムの調理を疑うわけではないけど、これが問題となってイベント会社をクビになり、職を失って母国へ帰ってしまうことになったら……。考えすぎかもしれないけど、そうなった時に融通《ゆうづう》のきく医者はいないだろうか。

「あ！」

僕には、思い当たる医者がいた。

悪いことを隠してくれる医者ではないけど、事情を話せばわかってくれる優しい医者。

その人は、かつて小学四年だった僕が休日に高熱を出した時、父がおぶって駆け込んだ小さな診療所の院長だ。休みにもかかわらず、ドアをすぐに開けてくれ、院長先生が白衣を着ながら僕の前に現れた。

「困った時はお互いさま。大丈夫かい？　すぐに診てあげるからね」と言って優しく僕の頭をなで、処置をしてくれた。

けれど、本当はその診療所へ行くのは気が進まない。なぜなら、そこの院長の息子は、僕のことをいじめていた「いじめっ子たち」の中の一人だから。

思い返せば、その診療所へ連れていかれたあとくらいから、いじめは始まった。

とはいえ、今思い当たる病院はそこしかない。もうずいぶん長いこと行ってないから、今もやっているかわからないけど、とにかく行ってみるしかない。

「オム、高速おりたらその次の交差点を左へ行って!」

僕は、オムに道を説明しながら、診療所へと向かった。

診療所の前まで着くと、さびついていた白い看板はさらに劣化し、誰かが出入りしているような様子はまったくない。今はもうやっていないのだろうか。

そう思いながら診療所のチャイムを何度か続けて押すと、「はーい」という声と共に扉が静かに開き、眼鏡をかけた細身の男が顔を見せた。年は同世代くらいだろうか。

「何か用ですか?」

その男は、眼鏡のズレを直しながら僕たちのことをジロジロと見ている。

それもそうだろう、ピエロが女の子を抱きかかえて家の前に立っているなんて、誰が見ても怪しい光景だ。

「あの……この子がお腹痛いって言ってて、診てもらえないかと思いまして」

そう話しかけているうち、僕はだんだん思い出してきた。今、話しかけているその眼鏡の男は、間違いなく僕をいじめていたあいつだ。村本診療所の息子、村本誠だ。

「中に入ってちょっと待っててください。今、親父に声をかけてくるんで。ただ……」

「？」

「去年、医師を引退したので、その子を診られるかどうかはなんとも言えませんが」

誠は、僕だということがわかっていない様子のまま、診療所の玄関を大きく開け、僕たちを中へ入れてくれた。

診療所の中は、少し埃《ほこり》っぽい気もするが、昔から何も変わっていない。

本棚の位置も、深緑のソファも、背の低いテーブルも、昔来た時のままである。

数分待つと、院長である誠の父親が、奥から私服姿で現れた。

「おや、めずらしい患者さんだね。ピエロが診療所に来るのは初めてだよ」

朗らかな笑顔で院長はそう言った。

「日曜日にすみません。いや、患者は僕じゃなくて、この子なんです」

「せや、先生、早よぅ診たって」

リンゴを心配するオムは、院長の手を取り、焦る気持ちを伝えている。

「わかった、わかった、じゃあベッドにそっと寝かせてあげて」

診察室の中へ入り、診察用の細長いベッドにリンゴを寝かせると、院長はリンゴのお腹に優しく手を当て、痛む箇所をリンゴに確認している。そこへ白衣を着た誠が診察室に入ってきた。そして院長は誠に「お前はどう思う?」と聞いたのだ。

誠は「ちょっと失礼します」と言いながらリンゴのお腹を触診し、軽く押したり離したりしながら、痛みの箇所をリンゴに確認している。

すると、僕に向かって、

「生ものなど食べさせたりしましたか？」

と聞いた。僕は、「いいえ……ただ、大量にから揚げを食べていました」と答えた。

誠は「なるほど」と言い、院長に、「おそらくあれかと……」と言った。

院長は再びリンゴを触診し、痛む位置やお腹の張り具合などをもう一度確認すると、

「あれだな」と答えた。

「なんやねん、わかったんなら、早よぉ教えてぇな！」

青ざめかけているオムがそう言うと、誠は僕らの方を見てこう言った。

「便秘ですね」

僕らは、口をあんぐりとあけたまま、「は？」と聞き返した。

「とりあえず、今、下剤を飲ませるので、十分後くらいにはスッキリして痛みも治まると思いますよ」

「……」

「普段、野菜を食べさせていますか？　えーっと、この子の保護者は……」

とっさに僕は、「あ、僕です」と誠に言った。

「食中毒ではないんですね？」

「はい、違います。食中毒だった場合、激しい嘔吐《おうと》を繰り返しますし、この子、えっと……」

「リンゴです」

「リンゴちゃんの場合、吐き気もないようなので、食中毒である可能性は低いですね。また、虫垂炎《ちゅうすいえん》……いわゆる盲腸《もうちょう》だとすると、お腹を押した時に痛がるのではなく、押して離した時に痛みが走るので、盲腸の可能性も低いです」

白衣を着て凛と話す誠の姿は、同じ年とは思えないほど大人に見える。

十分後、リンゴがトイレから出てくると、さっきまであんなに苦しんでいたものの、ニコニコして僕の方へ寄って来た。

「腹痛いの治ったか？」

「うん！」

「まったく……」

思わず嘆きそうになったが、リンゴの体調管理をちゃんとしてやれなかったのは僕の責任だと思い、言葉を途中で飲み込んだ。

回復したリンゴの姿を見て、誠が診察室から出てきた。

「リンゴちゃん、お腹痛いの治ってよかったね」

人見知りするリンゴは、僕の足にしがみつきながら、誠に「うん」と小さい声で答えた。そして誠は僕に、

「もし、様子が変だなと思ったら、ちゃんと大きな病院で診てもらってくださいね」

と言った。そして、白衣の胸ポケットから名刺を一枚取り出し、僕に渡してきた。

「まだ研修医ですけど、普段はこの総合病院に勤めているので、困ったことがあったらいつでも来てください。父は見ての通りもう年で、去年から手のしびれが出たことにより、医者を引退したんで」

僕は、複雑な気持ちになった。昔のいじめっ子に「困ったことがあったらいつでも来

てください」と声をかけられるなんて、当時の僕が聞いたらどう思うだろう。

もちろん誠の方は、目の前にいるピエロが「僕」だなんて知らないから、こんな風に親切にしてくれているんだろうけど……。

さっきまでの痛みが嘘のように元気となったリンゴは、オムに肩車してもらいながら診療所の外へ出た。

会計窓口にて、僕は健康保険証がないことを誠に伝えた。

すると彼は、お代はいらないと言う。

「え？　でも、そういうわけには……」

僕がそう言うと、

「どういう事情があるかはわかりませんけど……君からはもらえないよ、修二」

「！」

僕は、自分の名前を呼ばれて驚いた。

「僕のこと……気づいてたの？」

「もちろん最初はわからなかった。変な格好のやつが家の前にいるな……と思っただけだけど、近くで話しているうち、声とか、目の表情とか、どこかで見たことあるなって……」

「けど、診察代は払うよ。休みの日にわざわざ診てもらったわけだし」

「いや、いい。本当に……いいんだ」

「どうして？」

思い切って理由を聞いた。この質問により、過去の苦い思い出を掘り起こすことになるかもしれないと思いつつ、理由を聞かないままこの場を去ることも僕にはできない。

すると誠は、僕が予想もしていなかったことを話し始めた。

「今日、修二と会ったのは、何かの縁とかそういうことを通り越して、運命みたいなものを感じてる」

「運命……？」

誠は、待合室のソファに腰かけると、下を向いたまま話を続けた。

僕もソファに座り、誠の話を黙って聞いた。

「昨日は、兄貴の命日だったんだ」

「兄貴……？」

「あぁ、俺には年の離れた兄貴がいたんだ。俺が十歳の時、兄貴は二十七歳で、今の俺と同じように研修医だった」

「命日ってことは……」

「死んだ。二十七歳の時に……。研修医として夜勤を務めていた日、救急で事故にあった妊婦が運ばれてきてさ、その日に限って兄貴しか対応することができなかったらしく、一人で懸命に処置したんだけど、兄貴は妊婦を助けられなかった。お腹の赤ちゃんだけでもって、あきらめずに処置を続けたものの、二人とも助からなくて……」

「助からなくて……？」

「病院の屋上から飛び降りたんだ」

「！」

「自殺だよ。何日も夜勤が続いて、精神状態が不安定になっていたんだろうって他の先生方は言ってたけど、そうじゃない……そうじゃないんだ」

「そうじゃない？」

「兄貴は、ずっと自分を責めていた。自分には、医者になる資格なんかないんだって。兄貴にはそう思わざるを得ない過去があったから」

「そう思わざるを得ない……過去？」

「そう、過去。兄貴が高校生の時、他校の女学校に通う生徒と付き合ってたんだけど……その女性が妊娠したんだ。でも、医大の受験を控えていた兄貴は、将来を棒にふりたくなくて彼女を捨てた。お腹にいる赤ちゃんごと、兄貴はバッサリ見捨てたんだ。その彼女は、妊娠したことを誰にも相談できず、たった一人で産み……そして自分の通っていた学校に置き去りにした」

「！」

「そしてその女性は、親や先生に『父親は誰だ』と問いただされたものの……兄貴の将来を思ってのことか、担任の教師に妊娠させられたと嘘をついた。その女性の名前は……」

「……橘正美」

「あぁ、そうだよ。兄貴が見捨てた女性は、お前の実の母親の橘正美さんなんだ」

僕は、難しい数学の問題でも出されたかのように、頭の中がぐちゃぐちゃになった。

誠の兄貴が、僕の実の父親？　育ててくれた父が実の父親ではないことはわかっていたけど、あの頃のいじめっ子の兄貴が、僕と血のつながった父親だなんて、いきなり言われても言葉が頭の中に入ってこない。

リンゴの母親である正美が、僕の実の母親だったことも、つい先月知ったことなのに、どうしてこのタイミングでまた新たな真実を知らされなきゃいけないんだ。

偶然っていったい何なんだろう。もしかすると、いつどこで何が起きるかって、始めから決まってるのかな。どっかの神が一人一人の人生のシナリオを書いているのだとしたら、このシナリオを僕に与えた神はとても意地悪なやつだと僕は思う。

ちょっと待てよ……？　誠の兄貴が僕の実の父親だということは……。

僕は、ハッとして誠の方を見た。すると誠は、僕の言いたいことが伝わったようで、

「あぁ、そうだよ。僕たちは血がつながってる。年は同じだけど、僕は修二の叔父《おじ》で、修二は僕の甥《おい》ということになる。兄貴と正美さんが十七歳の時、俺はこの家の次男として生まれ、そしてお前は学校で産み落とされた」

細かい関係性なんかどうでもいい。誠の雑な説明もどうでもいい。

そんな過去の真相を、誠はなぜ今になって語ろうと思ったのだろう。昨日が兄貴の命日だから？　そんな偶然に身を任せて、成り行きで話す内容だろうか。

僕の気持ちが絡《から》み合っているまま、誠は真意を語り始めた。

「俺さ、ずっと修二に謝りたかったんだ」

「！」

「小学校ん時から、お前のことずっといじめてて、中一の時にはあんな事件に……お前

の父親が刑務所入ることになっちゃって……」

「……」

「兄貴が死んだ時、俺はまだ十歳だったんだけど、葬式のあと兄貴の部屋で日記を見つけてさ。そこに、正美さんのことが書かれてあったんだ。兄貴は、すごく悩んでた。両親と不仲の正美さんのことを守ってあげたいと思ってたのに、結局、自分の身を守るために正美さんのことを見捨てて……。兄貴は、父さんのことが大好きだった。優しくて、頭が良くて、患者さんに慕《した》われてる父さんを尊敬してたから、父さんの病院を絶対に継ぐんだっていつも言ってた。だから、父さんと正美さんを天秤にかけてしまったんだ」

「それで、自分の父親を取ったってわけか」

「簡単に言うと、そういうことだけど、兄貴はそのあと苦しんでた。正美さんが小さな命を捨てたのは、自分のせいだって。日記にそう書いてあった。両親にも誰にも言えないまま、一人思い悩んでいることを日記に書きつづっていた。だから、今も両親は兄貴が妊娠中の女性を見捨てたことは知らないままなんだ。日記は俺が最初に見つけて、そして誰にも見せてないから」

「……」

「兄貴が自殺した時、俺は小学四年だったんだけど、父さんは実家であるこの診療所を継ぐ覚悟をした。心機一転、家族みんなで引っ越そう……って。けど、ここで兄貴の日記に書いてあった人物と再会してしまった」

「……」

「正美さんの担任だった折原啓太郎。兄貴の尻ぬぐいをした人物であり、修二、お前の父親だよ」

「！」

「兄貴は正美さんと別れたあと、一度だけ彼女に電話したんだ。その時、『あなたの夢を邪魔するつもりはない。赤ちゃんの父親は、担任の折原啓太郎だと嘘をついた』……と言われたと日記に書いてあった。そうしたら引っ越してきた年、日記に書いてあった折原啓太郎がお前をおぶってここへ来たんだ」


あの日のことだ。

小学四年の時、高熱を出した僕は父におぶってもらい、ここの院長に診てもらった。

そのあと辺りから、なぜかいじめが始まったのだ。

ずっと、理由がわからなかった。

誰かが父の悪い噂を流したことで、教師だった頃の父の罪を僕は知った。

授業参観とか、運動会とか、父が参加すると保護者がざわつき、僕は次第に学校行事には参加しないようになった。

なんとなく父との間に溝ができ、それまでの平和な日々は失われた。

不幸という名の火薬に点火したのは、誠だったんだ——。


「俺、その時の修二たちを見てたら、すごく腹が立ってきた。兄貴は自分の罪を長いこと背負い続け、あんなに思い悩んでたのに……正美さんを捨てたことも、正美さんが捨てた赤ん坊のことも不幸な目に合わせてしまったと……なのにお前たちはすげー幸せそうで、超仲が良くて、なんだ、兄貴が悩む必要なんてなかったじゃん、死ぬ必要なんてなかったじゃんって、悔しくなった」

「僕たち親子が幸せそうだったから……？」

「……そうかもしれない。お前たちの幸せそうな様子を見て、なんだか損したような気持ちになったのかもしれない。俺は兄貴のことも、父さんのことも、家族のことが大好きだった。一人でも絶対に欠けてほしくなかった。兄貴と父さんが一緒にこの病院で働いてる姿を想像すればするほど、修二、お前のことが憎くてたまらなかった。お前なんかこの世に生まれなければよかったのに……って思うようになった。それで、俺の中にゆがんだ憎しみが湧いたんだ。お前たち親子に再会したのは、兄貴の苦しみを分けるためなんだ……って」

「それで、わざと父の教師時代のことを……？」

「あぁ……お前のことも『捨て子』とか『変態の息子』って周囲に言いふらした。けど、だんだん怖くなってきたんだ。小学校を卒業して、中学に入る頃、修二に対するいじめが激しくなってきて、もしかして俺のしたことは、とんでもないことだったんじゃないかなって思い始めた。そんな矢先、あの雨の日に仲間の一人が死んで、修二の父親が刑務所に入ることになって……取り返しのつかない状態になって……」

もはや、涙も出ない。

誠のせいで僕はいじめられ、誠のせいで父は犯罪者にさせられてしまい、誠のせいで僕は施設で育ち、誠のせいで……人生の歯車が狂った。

僕の手は、自然と拳を握ると共に、小刻みに震え出した。

頭の中が真っ白になった瞬間、僕は誠を診療所の外へ引きずり出し、力任せに殴った。殴り続けた。誠の鼻からも口からも僕の拳からも真っ赤な血が流れ出し、こいつ死ぬかもな……と思うくらい、力いっぱい殴り倒した。

殺してもいいや——。そんな感情が何度もこみ上げる。

「やめぇや！　シュージ！　それ以上殴ったら、この人死んじゃうやろ！」

「死んだっていいよ！　僕の人生を狂わせたのは、こいつなんだ！　こいつだったんだ！」

世間の人は、どう思うのだろう。

僕の人生を狂わせたやつは、自分の兄貴を失ったことで、僕たち親子を逆恨みした。大好きな家族が欠けたという理由で、僕たち親子の間に溝を作った。元を辿れば、その大好きな兄貴が身ごもっている女性を捨てたことが始まりじゃないか。思い悩んで死んだって言われたって、ただの自業自得じゃないか。それなのになんで僕はあんな目にあわなきゃいけなかったんだ。なんで僕は孤独にならなきゃいけなかったんだ。子どもだったから、論理的に感情を整理することができなかったって？過ぎたことなんだから、水に流してもいいんじゃないかって？

ふざけるな、ふざけるな、ふざけるな
ふざけるな、ふざけるな、ふざけるな

僕だって……僕だって……父のことが大好きだった。血がつながってるとか、つながってないとか、そんなの関係ない。僕は、父が大好きだったんだ。

「シュージ！　リンちゃんが見とる！　やめぇや！」

左頬をオムに思いっきり殴られ、僕は我に返った。
誠を見ると、ぐったりと地面に横たわり、着ている白衣は血と砂にまみれている。
ピクリとも動かない誠に向かって、オムが話しかけた。

「もしもし、あんさん無事かいな……おーい、ワイの声聞こえまっかー?」

するとは誠はゆっくりと仰向けになり、地面の上で両手を広げて大の字になった。

「生きとるみたいやな」

血まみれの誠にリンゴが近づくと、まじまじと顔を見てこんなことを言った。

「この人、ピエロさんとちょっと似てる」

これが現実。

これも現実。

人は、どのような人生を歩んだとしても、真実と向き合う道へ導かれるのだろうか。

導かれてしまうのだろうか。

残酷な現実と向き合い、変えることのできない過去を叩きつけられ、それでも人は前を向いて歩き続けなければいけないのだろうか。

立ち止まって、明日を生きることをやめたらいけないのだろうか。

そんなことしたら、誠の兄貴と同じように、残された家族の歯車を狂わせてしまうのだろうか。それによって誰かの人生をも傷つけてしまうのだろうか。


「似てねーよ」


僕は、リンゴのおでこを軽くハジいてそう答えた。

大の字になっていた誠は、ゆっくり身体を起こすと、僕の方を向いてぽつりぽつりと話し出した。


「修……二……」

「……」

「今さら……仲良くしてほしいとは言わない……」

「当たりめぇだよ」

「許してほしいとも……言わない……」

「……」

「それを求めるには……もう遅すぎることは……わかってる……ただ……」

「……」

「一言だけ……伝えたい……伝えさせてほしい……」

「は？」

「ごめん……。本当に…ごめん……。俺が間違ってた。俺が修二の人生を狂わせた……自分のことしか考えてなかった……本当に身勝手なことをした……」

「……」

「修二……ごめん……ごめんなさい……本当に……本当に……ごめんなさい……」

人は、なぜ謝るんだろう。

「ごめんなさい」という言葉には、どんな意味が込められているんだろう。

謝ったからって、過去が塗り替えられるわけじゃないのに。

謝ったからって、許されるとは限らないのに。

それなのに、人はなぜ謝るんだろう。

そういえば、父から送られてきた手紙にも、謝罪の言葉が書かれてあった。

他界するまでの四日間、か細い字で書かれた短い手紙が毎日送られてきたのだが、僕はその手紙の内容を一言一句覚えている。

何度も何度も何度も読み返し、そして一度も返事を書かなかった。

手紙の最後に必ず書かれてある『ごめんな』という言葉に、何て返していいかわからなかったから……。

『修二へ
元気にしてるか？
修二が初めて「おっとぅ」って呼んでくれた時の声、今でも覚えてるよ。
修二、ごめんな。
おっとぅより』

『修二へ

飯食ってるか？

お前は好き嫌いがないから、献立を考えることが毎日楽しかったよ。

おっとぅの作るご飯を食べてくれて、ありがとう。

修二、ごめんな。

おっとぅより』

『修二へ
高校で友だちはできたか？

お前は無理に笑うくせがあるから、人付き合いに疲れてしまうんじゃないか心配です。

笑顔というのは、本当に楽しい時に、こぼれてしまうものなんだよ。涙と同じで、こみ上げてくるものだから、無理に笑おうとしなくていいんだよ。

修二、ごめんな。

おっとぅより』

『修二へ
修二は、将来の夢はあるか？
夢を持つと、人生が豊かになるよ。転んでも起き上がる力がつき、未来への道を作ることができる。その道で仲間と出会うこともできる。

人は、生まれる時も死ぬ時も一人だけど、生きている時は一人じゃない。

だから修二、人を許し、人を信頼し、共に生きる仲間を大切にするんだ。

どこにいても、いつでも、いつまでも、おっとぅは修二の味方だよ。

おっとぅの子どもでいてくれて、ありがとう。　　　　おっとぅより』

そういえば、最後の手紙には『修二、ごめんな』が書かれていなかった。僕からの返事が来ないから、許してもらうことをあきらめたのだろうか。許してもらう……？　僕は父のことを許せなかったのか？

僕は、再び考えた。

人は、なぜ謝るのか。

父は、なぜ謝るのか。

誠は、なぜ謝るのか。

謝ったその先に、何が起きるのか。

その先……？

そうか、もしかすると人は、新たな未来へ前進するために謝るのかもしれない。

心の底から「悪かった」と過去の罪を認め、それを相手に伝えた瞬間、相手が背負い続けていた重い荷を、自分の背中に移すのだ。

罪をどこかに置き去りにするのではなく、誰かの背中に背負わせたままでもなく、自分自身の背中にちゃんと背負い、そしてその重たい荷を背負い続けて前進する覚悟の言葉……それが『謝罪』なのかもしれない。

傷つけられた人間は、その謝罪を受け入れ、許すことで、積もり続けてきた重たい荷をほんの少しおろせるのではないだろうか。

人は生きるために謝り、生きるために許し、生まれ変わるために前進する。

父も、僕の荷を自分の背に乗せてくれようとして、謝り続けていたのかも……。僕は父を許していたら、気持ちが楽になっていたのかな。いや、僕は……父を許す気持ちなんてなかった。だって、父を心から恨んだこともなければ、嫌いになったこともなかったから。

僕は今、目の前にいる誠のことを許さなくてはいけないのだろうか。

許すことで、僕自身が背負ってきた荷が軽くなり、人生をやり直すことができるだろうか。

少なくとも誠は、様々な覚悟を持って、新しい自分になろうとしている。

いや、すでにもう新しい人間に生まれ変わっている。リンゴを助けてくれたように、今の誠はきっとたくさんの人を救う人間に生まれ変わっている。だからこそ、僕に謝ってるんだ。僕が背負っている重たい荷をすべて自分が背負う覚悟で、誠は謝ってるんだ。


「もういい……」

「……」

「もういいよ……」

「……」

「言っとくけど、お前を完全に許すわけじゃない。けど、もういい」

「修二……」

「過去は変えられない。どうもがいたって変えられない。けど、未来なら変えられる。僕も変わりたい……お前みたいに、僕も自分を変えたい。生まれ変わりたい。生きたまま生まれ変わるために、僕も過去から卒業する。だからもういい……もういいんだ」

人間は平等じゃないし、人生も思うようにいかない。

でも、もしかすると僕の人生は、僕が思っていたよりも不幸じゃなかったのかもしれない。

思い返した父の手紙は、どれも短いし、遺書のような内容でもない。当たり前のことばかり書いてあるから、どうしてこんなことをわざわざ手紙に書いてくるんだろうって、十六歳だった当時の僕は意味がわからなかった。

けど、父にとってこれらのことは「当たり前」なんかじゃなかったんだ。

僕が父の手紙を読んで「当たり前」だと感じていたということは、それだけ父が僕に愛情を注いで育ててくれた証拠だったんだ。

当たり前に「おかえり」を言ってくれ、当たり前に飯を作ってくれ、当たり前に心配してくれ、当たり前に応援してくれた。父は僕に、最高の「当たり前」を与え続けてくれていたんだ。

どんなに人生の歯車が狂わされようと、僕は愛されていた。

どんなに苦しいいじめを受けようと、僕には味方がいた。

どんなに激しい雨が降ろうとも、僕には居場所があった。

愛された記憶、優しくされた思い出が、今の僕を支えてくれている。今日も明日も生きるために、僕の背中を押してくれている。

それに僕は今、孤独じゃない。


『人は、生まれる時も死ぬ時も一人だけど、生きている時は一人じゃない。だから修二、人を許し、人を信頼し、共に生きる仲間を大切にするんだ』


父の最期の言葉は、生きるために最も大切なことが込められていた。

人生は、過去でも未来でもない。

過去から未来への経緯でもない。

今、生きているこの瞬間が『人生』なんだ――と。

だから僕は、過去の僕と比べて生きるのはやめる。

あの時こうだったら……あの時こうしていたら……と、過去のせいにして今を投げやりに生きるのをやめる。

どんな未来が待っているかわからないけど、今日という人生を真剣に生きることで、自分らしい未来へ辿り着くことができるのかもしれない。

未来への道の途中で出会った大切な仲間と共に、僕は前を向いて歩いてみようと思う。


――　数週間後　――


ＤＮＡ鑑定の結果、僕とリンゴは血縁のある兄弟であることが証明された。

それと同じくして、園長が連絡し続けていた正美から、ようやく返事が来たという。

そして所在不明だった正美は、園長に付き添われて役場へ足を運び、諸々の手続きは完了した。簡単なことではなかったとのことだが、ともかく紙の上の関係なんて何だっていい。誰が何と言おうと、僕らは人生を共に生きる仲間なんだから。

僕らの母親の正美は、長い月日をかけて深くなっていった心の傷を治療するべく、一人で暮らしながらカウンセリングに通っているとのこと。

リンゴ自身、母親に捨てられたという意識があるかどうかはわからない。

長い旅が続いていると思っているだけかもしれない。それならそれで、楽しい旅にしてやればいい。僕はそう思っている。

「なぁ、シュージ。新商品を試食してくれへん?」

今日は、リンゴと出会ったショッピングモールの屋上で、戦隊もののショーが行われる。そこで僕はパフォーマーとして、オムは店舗係として再び呼ばれたのだ。

「は? 毒味なんかしたくないよ」

するとリンゴはキョトンとした顔で見上げ、「『どくみ』ってなぁに?」と僕に聞いてきた。

「食べ物の中に、毒が入ってないか確認すること」

「オム、毒入れたの?」

「入れるわけあらへんがな」

「じゃあ、リンが食べる」

「いや、辛いからやめといた方がええで……あ！」

リンゴは、オムが手にしていた一口サイズの激辛ソーセージを引ったくると、パクッと口へ放り込んでしまった。

「かっら――――い！　ゴホッ、ガホッ」

「だから言うたやろ、やめといた方がええって」

「オム……、これを僕に食べさせようとしてたの？　ほんとに毒味じゃん」

「だから、毒なんか入っとらんてば」

むせ返ったリンゴは、ペットボトルのお茶をガブ飲みしている。

そんなリンゴの背中をさすっていたオムが、屋上の入口の方を見てこんなことを言った。

「あの人……さっきからこっちを見とるけど、シュージの知り合い？」

オムの視線のその先を見ると、茶色いセーターを着た四十代くらいの女性がこちらを見ている。

お茶を飲んで落ち着いたリンゴも、そちらを見ると……

「あ、まさみさんだ！」

僕たちの視線に気づいた正美は、すぐさま背を向けて屋上から出ていこうとした。

「待って！」

思わず呼び止めてしまったが、次の言葉が僕には見つからない。

すると、リンゴが大きな声で正美に向かって叫んだ。

「まーさーみーさ――――……じゃなかった、おかーあ――さ―――ん」

僕がリンゴの顔をまじまじと見ていると、リンゴは「まちがってる?」とキョトンとした顔で聞いてきた。

「間違ってないよ」と言うと、うれしそうな顔をしてもう一度呼んだ。

「おーかーあ――さ―――ん」

それでも正美は振り返らない。しかし、足は止まっている。

「アンパンマンのお歌――、二番もあるの知ってる――?」

リンゴは、正美の後ろ姿に向かって、大きな声で歌を歌い始めた。
周囲は一斉に振り返り、リンゴのことを注目している。
それでもリンゴはお構いなしに、大きな声でアンパンマンを歌い続けた。

なにが君の　しあわせ　なにをして　よろこぶ
わからないまま　おわる　そんなのはいやだ！
忘れないで　夢を　こぼさないで　涙
だから　君は　とぶんだ　どこまでも

そうだ　おそれないで　みんなのために
愛と　勇気だけが　ともだちさ
ああ　アンパンマン　やさしい　君は
いけ！　みんなの夢　まもるため

全身の力を込め、大声で歌う娘の声を、正美は後ろ姿のまま聞いている。
小刻みに肩を震わせながら、聞いている。
そして最後まで聞き終えると、振り返ることなく去っていった。
そんな二人の姿を見て、僕は思った。

リンゴがこの歌を好きなのは、母親のことを愛しているからかもしれない。残酷なことを言われ続けてきたリンゴだが、日常の中で母親の愛を感じる瞬間があったのかもしれない。

出会った時、「アンパンマンになりたい」と言っていたが、それは母親に夢を与え、幸せになってもらいたいがゆえに、やさしいアンパンマンになりたかったのかもしれない。母親を許すことのできるやさしさが欲しかったから、勇気を出して空を飛ぼうとしたのかもしれない。

「なぁ、シュージ。仕事が終わったら、風船飛ばそうや」
「え？」
「前に、『風船飛ばし』のイベントで、飛ばせんかったやん。届けたい人に手紙を書いて、その『想い』を風船に届けてもらおうや」

オムの提案を聞いていたリンゴは、無邪気に「飛ばしたい！」と言った。

戦隊もののショーが無事に終わり、店のテントも片づけたのち、僕らは屋上で手紙を書いた。僕は着替えず、ピエロ姿のまま風船を飛ばすことにした。

今のこの姿を、父に見せたいと思ったから。


「オム、誰に手紙を書いてるの？」

リンゴは、オムの書きかけの手紙をのぞき込んでいる。


「ワイはなぁ、天国におる家族と爺やんに書いとる」

「じいやん？」

「せや、日本に来た時、ワイに色んなことを教えてくれた爺やん。いつも乗ってる車も、爺やんのものやったんよ」

「へぇー、家族とじいやんに、なんて書いたの？」

書き終えたオムは、僕とリンゴに手紙を見せてくれた。

オムの手紙には、インドの文字と共に『祈』という漢字が書かれてある。

「オム、漢字書けるんだね」

僕がそう言うと、オムは胸を張り、うれしそうな顔で「せや」と言った。

「リンちゃんは、何を書いたん？」

オムが聞くと、便せんに描き殴ってあるアンパンマンの絵を見せてくれた。

「アンパンマンに届くかなぁ」

「もちろんや」と言いながら、オムはリンゴの頭をなでている。

「ピエロさんは、なにを書いたの？」というリンゴの質問に、「おっとぅが好きだった言葉」と答えた。

「おっとぅって誰？」
「僕のお父さん」
「じゃあ、リンもピエロさんのこと『おっとぅ』って呼んでいい？」
「僕はリンの父親じゃなくてお兄ちゃんなんだけどな……まぁ、いっか」

父が好きだった言葉。そして口癖のように言っていた言葉。

『たとえ明日、世界が滅びても今日、僕はリンゴの木を植える』

それをリンゴとオムに見せると、

「あ！」

リンゴが突然大きな声を出した。

「どした？」

「これ……まさみさんと同じ。まさみさんも同じこと書いてた。前にここへ来た時、まさみさんがこの言葉を手紙に書いて飛ばそうとしてたの。なんて書いてあるか意味はわからないけど、これと同じだよ」


偶然とか、必然とか、僕にはよくわからない。

でも、運命ってやつは、今こういう瞬間のことを言うのかも……。


「リン、僕の助手になるか？」


これだけは誰にも負けない『何か』があれば、人は強くなれる。

『自信』という名の武器が、どんな攻撃からも身を守ってくれる。

いつかリンゴがいじめられたり、過去と向き合うこととなった時、「自分には世界に通用するバルーンアートの技術がある」って思えるだけで、心たくましく生きていくことができる。

「なる！　リン、ピエロさ……じゃなくて、おっとぅの『じょしゅ』になる！」

僕は、アンパンマンの顔を風船で作り、それにリンゴの手紙をくくりつけてあげた。

次にカレーをイメージした黄色い風船をふくらまし、それにオムの手紙をつけた。

最後に、真っ赤なリンゴを思い浮かばせる風船をふくらまし、僕の手紙をつけた。そしてポケットの中から、父が作ってくれたリンゴのキーホルダーを取り出した。

あの日、泥まみれになったリンゴのキーホルダーは、封印するかのように箱の中にしまっておいたけど、誠と再会したあと、僕はそれを箱から出して洗ったのだ。染みついた泥はあまり落ちなかったけど、悲しみや孤独や絶望など、そういった感情は洗い流せたような気がする。僕の過去そのものと言えるこのキーホルダーも、風に連れていってもらおうと思い、手紙と一緒に風船にくくりつけた。

「さぁ、飛ばすぞ！　オム、リン、風船をしっかり持って」

「せーの」という言葉と同時に、僕らは風船を手放した。

それぞれの風船は、それぞれの想いを乗せ、空を飛んでいる。

高く高く、飛んでいる。


風船――。それは、風の船。

風の船は、どんな『想い』も運んでくれる。

風の船は、どこまでも、どこへでも『想い』を届けてくれる。

虹のその先の、大切な人がいるところまで……。

空のその先の、大切な人の新たな未来まで……。


「それはそうと、オム……」

「なんやねん」

「今さらだけど、オムのカレーのメニューって、なんでほとんどインドカレーじゃないの？　オムライスカレーとか、から揚げカレーとか、カツカレーとか、ほとんど日本っぽいメニューばっかじゃん。何気にずっと気になってたんだよね」

「そないなこと、ほら、あれや、日本人のコッテン……コロリンやなくて……コッテン……カンパンでもなくて……コッテン……せや、コッテン寒天《かんてん》や！」

「コッテン寒天？　なにそれ」

「インド人はインドカレーしか食べへん言うんは、シュージのコッテン寒天や」

「もしかしてオム、それさぁ……『固定観念《こていかんねん》』のこと？　『こり固まった思い込み』ってことが言いたいの？」

「せや！　それや！　日本人のコッテン寒天や」


なんだか、腹の奥がくすぐったくなった。


「あ、ピエロさんが笑った」

「は？」

「ピエロさんが笑ってるところ見たの二回目。一回目は病院のお誕生会のとき」

「いちいち数えてんじゃねーよ、リン」

「あ、三回目」

「っざけんな」
「あ、四回目」

僕は、リンゴの両脇をくすぐった。
ケラケラと楽しそうに笑うリンゴは、今度はオムの横腹をくすぐった。
僕たちは、声を出して笑った。
ピエロ姿のまま、僕は腹を抱えて笑った。
笑っているように見せるメイクは、もう必要ないかもしれない。
そう思えるほど笑った。
僕たちは、生きているからこそ生まれ変わることができる。
生きようとするからこそ、何度だって生まれ変わることができる。
ねぇ、おっとぅ、そうだよね？
空高く飛んでいる風の船に向かって、僕はそう問いかけた。
きっと、おっとぅも生まれ変わろうとしたんだ。
僕のことを育てようと覚悟した時、おっとぅは生まれ変わろうとした。

いや、生まれ変わったんだ。

ねぇ、おっとぅ。
元気にしてますか?
「修二」って呼んでくれるおっとぅの声、僕も好きだったよ。

ねぇ、おっとぅ。
毎日ご飯を作ってくれてありがとう。
好き嫌いがなかったのは、おっとぅの料理がうまかったからだよ。

ねぇ、おっとぅ。
天国で友達はできましたか?
おっとぅの声はデカいから、ちゃんと周りに気を遣ってくれよ。

ねぇ、おっとぅ。

僕、夢ができたよ。
リンゴという小さな助手を、日本一……いや世界一のパフォーマーにするんだ。
そして、共に子どもたちを笑顔にする。だから、そっちで応援よろしく頼むよ。
もう一つの夢は……おっとぅみたいな優しいおっとぅになること。
どんな時も、味方でいてくれてありがとう。
僕を育ててくれてありがとう。
僕と出会ってくれて、ありがとう。
僕のおっとぅでいてくれて……ありがとう。

たとえ明日、世界が滅びても今日、僕は精一杯生きる。
夢を叶えるため、何度転んでも立ち上がって前進する。
かけがえのない仲間と共に――。
今日という人生を生きるために――。

たとえ明日、世界が滅びても　今日、僕はリンゴの木を植える

瀧森古都（たきもり・こと）

一九七四年、千葉県市川市生まれ。両親がイタリアの古い都（バッサーノ）で芸術活動をしていたことから「古都」と名づけられる。二〇〇一年、作家事務所オフィス・トゥー・ワンに所属。放送作家として「奇跡体験！アンビリバボー」など様々な番組の企画・構成・脚本を手掛ける。二〇〇六年、独立。作家、コピーライターとして活動。現在、主に「感動」をテーマとした小説や童話を執筆。著書に『悲しみの底で猫が教えてくれた大切なこと』『孤独の果てで犬が教えてくれた大切なこと』（共にSBクリエイティブ）がある。

２０１７年３月30日　初版第１刷発行

著者　瀧森古都
発行者　小川淳
発行所　SBクリエイティブ株式会社
〒106-0032　東京都港区六本木２-４-５
電話　03（5549）1201（営業部）
組版　アーティザンカンパニー株式会社
編集担当　吉尾太一
印刷・製本　中央精版印刷株式会社

JASRAC 出 1700128-701
©Koto Takimori 2017 Printed in Japan
ISBN 978-4-7973-9037-7
落丁本、乱丁本は小社営業部にてお取り替えいたします。定価はカバーに記載されております。本書の内容に関するご質問等は、小社学芸書籍編集部まで必ず書面にてご連絡いただきますようお願いいたします。

話題沸騰！
シリーズ
20万部突破！

読んだ人の９割が涙した…
本当の幸せに気づく4つの感動ストーリー

悲しみの底で猫が教えてくれた大切なこと

瀧森古都［著］

定価（本体価格1,200円＋税）

奇妙なネコとの出会いを通して紡がれる
４篇の感動ストーリー。
ラスト30ページ、涙なしには読むことができない
奇跡の結末とは？

SB Creative

話題沸騰！
シリーズ
20万部突破！

思いっきり泣いた後、本当の幸せに気づく

孤独の果てで犬が教えてくれた大切なこと

瀧森古都［著］

定価（本体価格1,200円＋税）

『悲しみの底で猫が教えてくれた大切なこと』の続編。
移動図書館を通じ、様々な人や事件と遭遇する
11歳の少年と54歳の中年。それぞれの運命と向き合い、
生きる意味を問う。

SB Creative